『国語国文』第九十巻第五号（令和三年五月刊）

抄物における助動詞「べし」の変容

――『毛詩聴塵』『両足院本毛詩抄』の本文比較――

山田　潔

一　「べし」の分類基準

じは、ベシは「～すべき（だ）」というような慣用的なられるだけで、その表わす意味は「～に違いない・～ねばならない・～するはずだ・～するのが良い（適当だ）」などの複合辞類に置換されている。すなわち、ベシ1語が担っていた多様な意味用法は、それぞれ異なる語句・表現形式により、分析的に表現し分けられている。その萌芽が室町期における抄物に認められる。本稿は、その具体的な様相を『毛詩聴塵』(1)と『両足院本毛詩抄』(2)（以下、『両足院本』と略記）との本文を比較する方式で述べる。すなわち、『毛詩聴塵』に現れるベシが、『両足院本』では、どのような語・語句・表現形式に置換されているかを問題とする。

右の分析を始める前に、まず、両書の関係について、木田章義氏の詳細な解説(3)に基づき、その概要を記しておきたい。『毛詩聴塵』は、清原宣賢（一四七五―一五五〇）が講義する際に用いた手控抄物である。文語・文章語的性格を有するもので、ベシが多用されている。『両足院本』はその聞書抄物である。すなわち、清原宣賢が享禄四（一五三一）年から天文四（一五三五）年にかけて行った講義を林宗二・林宗和が筆録したものである。口語・口頭語的性格を有するもので、ベシの使用は僅かである。反面、敬語（とりわけ丁寧語）の使用、接続助詞ホドニの多用など、口頭語的性格は著しい。『毛詩聴塵』のベシが多様な語・語句・表現形式に置換されている。

さて、ベシは可能・意志・推量・義務・当然・命令・適当・予定を表わすとされるが、これらの意味用法が一律に並列しているとは考えられない。ベシの意味用法を体系的に分類・整理しようとした試みは諸氏に見られるが、川村大氏の考えが最も周到稠密であると考えられるので、本稿は、その分類基準に基づき分析して行く。

川村大氏はベシの用法を「A類（観念上の事態成立主張用法）」「B類（事態の妥当性主張用法）」に分けられた。そして、次のように下位分類する。[4]

A類には、従来「推量（推定）」「可能」を表すとされている用法が属し、B類には、従来「当為（義務）」「意思」「命令」を表すとされている用法が属する。そしてA・B両類は「観念の次元における事態存在の主張」をしているものとしての共通性を有する。（334頁）

A類は、さらにA1「現実世界接触用法」として「推量」「兆し・気配」「予定」などに、A2「現実世界非接触用法」として「反実仮想」「可能」などに二分類される。また、B類は、B1「事態の妥当性主張専一用法」として「事態の妥当性」、B2「事態実現希望用法」として「意思（以下、引用以外は「意志」と表記）」「命令」のように分ける。その「事態の妥当性」に「適当」「当然」をも含めると、ベシの上記の8分類が網羅されることになる。

このように川村氏の分類は周到であるが、「必然」「当然」を同一概念のように把握されているのが、文法用語としては問題になる。たとえば、次のような記述がある。[5]

ベシのいわゆる「推量」の用法においては、述べられている非現実の事態について、推論上当の事態は必ず（確実に）成り立つこと、当の事態は成り立って当然であることを主張する色合いが認められる。（175頁）

A類のベシの用例の中には、「必然」「当然」の色合いを帯びないものがあり、それらは、否定文・疑問文に限って認められる（下略）。（176頁）

右のように、A類、もしくは、「推量」について、「当の事態は必ず（確実に）成り立つ（＝必然）」ことと、「当の事態は成り立って当然である（＝当然）」こととが併記されているが、文法的には、両者は区別すべきものである。漢文の再読文字「当（応）」には「当然…はずだ」「当然…すべきだ」の両義があるとされるが、ベシにも両用が認められる。前者「当然…はずだ」は「必然」であり、コトガラの成否を問題とする。すなわち、対事的モダリティ（「述定」）であり、A類の「観念上の事態成立主張用法」に属する。後者「当然…すべきだ」はコトガラの成否ではなく、コトガラの適否を問題とする。すなわち、対人的モダリティ（「伝達」）の意味合いを帯び、B類の「事態の妥当性主張用法」に連続する。筆者は、ベシの意味用法を、前稿[6]では「確かな推量」と「当為」とに分けて説明した。前者は川村氏のA類に、後者はB類にほぼ相当する。以下、『毛詩聴塵』のベシの用法を、川村氏の分類の順序に従って分析して行きたい。各節ごとに用例に通し番号を付する。

二 「べし」の用法（一） 推量・兆し（気配）

べシとウ・ウズとの対応例は極めて多く（ウ199例・ウズ147例）、べシと対応する語の全用例数（641例）の半数を超える。また、ウ・ウズの全用例数との比較で言えば、ウ1497例、ウズ422例であるから、べシとウズの対応用例数はウに比して相対的に多いと言える。

まず、川村氏のA類「観念上の事態成立主張用法」のうち「推量」に関しては、基本的にウ・ウズが照応する。前件の一定の条件を前提として、それが成立するならば後件が成立する可能性が高いことを表わす用法が顕著である。すなわち、確かな推量を表わす。ウズの用例としては次のようなものがある（以下、『毛詩聴塵』『両足院本』の順序で用例を併記する）。

1爾ハ王者也此分ニテハ天下ハ泥土ニナルヘシ（一八13ウ）
王者ノコトヲ此分ニメサレウナラハ天下ハ泥土ニナツテノケウス（一八13オ）

2若周公ヲツレテ皈ナラハ我心ノ悲サハ千緒万緒タルヘシ（八19ウ）
モシ周公ヲツレテ皈ラレウナラハ我心ハ千緒万緒テアラウスヨ悲シカラウソ（八26ウ）

また、ウズには近接した未来「只今」、確かな推量「必ず」と呼応した用例が見られる。

3厲王ノ謀長久ナラス只今禍難出来スヘシ（一七46オ）
長久ノハカリ事テハナイ只今禍カテコウス（一七39ウ）

4天子ノ御上ニ必災カテクヘキト也（一八58オ）
只今天子ノ御身ノ上ニ付テ禍カテコウスヨソ（一八51オ）

5我此王ノ邦国ヲ見ニ乱レスト云事ハアルマシキ也必乱ルヘキ也（一八57オ）
天子ノ国ヲ見マラスルニ何テマリ一トシテ正シイ事カナイソ只今曲事カテコウスト云ソ（一八50オ）

右の用例4・5で『毛詩聴塵』の「必」と『両足院本』の「只今」とが対応しているのが注目される。『日葡辞書』の「Tachimachi（忽ち）」で次のように語釈するように[7]、近接した未来は、その実現がほぼ確実であるから、「必ず」のような確かな推量を表わす語と意味的に共通する。

Logo, ou em continente, sem duuida.（すぐに、あるいは、即刻、疑いなしに）

次に、べシとウとの対応は多い（199例）が、多くはウゾとの対応である。推量については、疑問詞と呼応する場合と単独で用いられる場合との二類に分かれる。単独の用法の場合は、ウズと同様、前件の一定の条件を前提として、それが成立するならば後件が成立する可能性が高いという確かな推量を表わす用法が著しい。すなわち、「ベシ＝ウズ＝ウゾ」という対応が成立する。

6若賢者ヲ得テ官ニヲキテ事ヲイロハセハ王ハシコトモナク骨モ折ラスシテ王ノ伴興トシテ游シテ活計ナルヘシ優游シテ休息セラルヘシト也（一七38ウ）

モシ賢者ヲタニ用ラレハシコトモアルマイ程ニ優遊トシテイラレウソ休息シテイラレウソ（一七32オ）

7善人ヲ用キルナラハ必汝ヲ引出シテ用フヘキ也（一三16オ）

善人ヲ用イウナラハ貴方ヲ引出テ用ラレウソ（一三15ウ）

疑問詞を承ける場合は、疑問の場合（用例8・9）と反語の場合（10・11）とがある。

8天ヨリ殷ニトリカエテ天子トセンモノハタレカアルヘキト諸国ノ内ヲミルニ周ニマサレル者ナシ（一六29ウ）

今殷ノ代ニトリカヘテ天子ニセウハ誰テアラウソト云ニ周ニスキタハナイソ（一六21オ）

9何レノ時ヲ皈ル期ニハスヘキヤ（六15オ）

サテイツレノ時ヲ皈ル期ニハセウソ（六22オ）

10賢者ヲ不用ハ民カナニヲ手本ニスヘキヤ（一八7オ）

無道テ賢ヲ用イヌ程ニナニヲ手本ニセウソ（一八6オ）

11今君ノ御使トシテ功ヲモナサスシテハナニカ皈ルヘキ《ママ》ソト云（一42ウ）

是ニヨツテ御使ノ功ヲモナサイテハ何カ皈ラレウソ（一47ウ）

疑問詞を承けるウズは2例であるが、ともに反語である。すなわち、「疑問詞…ウゾ（疑問・反語）」「疑問詞…ウズ（反語）」となる。

12父ナクハナニヲカタノムヘキヤ母ナクハナニヲカタノムヘキヤ（一三3ウ）

父カナクハ誰ヲタノマウスソ母同（一三3オ）

13汝国ニ皈テハ何ヲカ求テ民ニ施スヘキ（一九20ウ）

ソチカ今国ヘ皈タラハ何事ヲ民ニセイト云テ求スソ求コトハアルマイ（一九14ウ）

また、疑問詞を伴うベシはウズラウとも対応する。[8] ウ・ウズが現在のコトガラに対する推量をも表わし得るのに対し、ウズラウは未来のコトガラに関わる点が異なる。

14諸侯カ皆打フルウテ出仕セハ其方ノ国ニ人カナクシテナニタル事モ出来スヘシ（一八35ウ）

打フルウテ出仕シタラハ何タル乱カテコウスラウチヤ程ニソ
（一八33オ）

15ナニタル者ノ夫人ニカ成ルヘキナレハ天子ノ后妃ニ成テスヘキ事ヲモ…卿大夫ノ夫人ニ成テスヘキ事モ皆習也（一13オ）

何タル者ノ夫人ニカナラウスラウチヤ程ニ天子ノ后ニナリテセウス事ヲモ卿大夫ノヲモ皆習フソ（一17オ）

さてベシの表わす推量は、「必ず…にちがいない（必然）」という純粋の確かな推量を表わす場合と「当然…はずだ（当然）」という当為の意味合いを含む場合とがある。そのベシに対応するウ・ウズもその違いを反映している。まず、ウズには両用がある。確かな推量の場合は、文脈上、それを根拠として次に具体的な行為・状態を述べるのが一般である。それ故に、順接の助詞ホドニを伴う傾向が認められる。

16衆妾ノ内ニハ…怨ヲイタク者多カルヘシ其ヲスツト和好シテ中ヲヨクナス也（一11オ）

衆妾ノ中ニモ恨ヲ抱者カアラウスホトニ其逑ヲ求メテヤワラケラレタソ（一15オ）

17云タキ事アリトモ我カ此舌ヨリ出ヘキニアラスモシ此舌ヨリ云出サハ此身ハヤカテ罪科セラレテ困病セラルヘキ也
（一一22オ）

舌カラエイ、タサヌソ云タラハ舌ヲハヤカテハ罪セラレウス程ニ云タイコトヲモエイワヌソ（一一16ウ）

「当然…はずだ」という当為の意味合いを含む場合は、その理性的な判断と「実際にはそうならない」という現実との乖離を表す文脈に用いられることが多い。それ故に、逆接の助詞ガ・ニ・ヲを伴う用例が多く認められる。

18絺ノサイミ綌ノサイミアリ此ハ夏ノ暑気ノ時キルヘキニ今寒風ノスサマシイ時分キルハ其宜ニアラス（二7ウ）

コ、ニ絺ノサイミモ候綌ノサイミモ候夏ノ時分キウスカ冬キタハ宜処ヲ失タソ（二7オ）

19此詩ハ雅ニ入ルヘキニナセニ国風ニハ入ソナレハ偏ニ文王大姒ノ徳ニヨツタ事也（一49オ）

此詩ハ雅ニ入ス詩チヤヲニナセニ国風ニハ入タソナレハ文王大姒ノ徳ニヨル程ニソ（一55ウ）

20黒トモ烏ニアラサルモノ、有ヘキニ其ヲハ分別スル者ナシ
（二31オ）

クロクトモ烏テナイ物モアラウスヲ分別スル者カナイソ
（二38オ）

右に対し、ベシに対応するウは、「必ず…にちがいない」という純粋の確かな推量の意で用いられる。ウズで述べたように、文

脈上それを根拠として次に具体的な行為・状況を述べるのが一般である。それ故に、順接の助詞ホドニを伴う傾向が多く認められる。

『毛詩聴塵』は、手控抄物の性格上、次の用例21・22に見られるように、べシに順接の助詞を伴わない用例がかなり認められる。

21申タラハ必罪科ニアフヘシ此ヲ畏忌ニヨテ口ヲトツル也
(一八15ウ)

申タラハ必スシユツナト云テ必ス罪科セラレウ程ニ是ニ依テ口ヲ閉テエ申サヌソ(一八15ウ)

22厲王ノ悪行ヲスルホドニ必滅亡スベシ己ガ身ヲモ失ハヌヤウニセヨト云事ヲイヘル也(一八5ウ)

厲王ノ悪行ヲメサル、程ニ必ス滅亡メサレウ程ニ身ヲ失ヌヤウニメサレイト云ソ(一八5オ)

23此ニキテハサケノホリツカレノヤウニナルヘキホトニ他国ヘユクヘシ(五18ウ)

コ、ニ此マ、居タラハサケノホリツカレノヤウニナラウ/程ニ去ソ(五24ウ/25オ)

ウが逆接の助詞に続く用例は次の1例が認められるに留まる。

24北方ナラハ冬コソ出仕スヘキニ秋王ニ観スルト云ハ如何トシタル事ソト云ニ…(一八35ウ)

北国トミヘタソ其ナラハ冬出仕セウカナセニ秋ト云ソ
(一八33オ)

以上、確かな推量を表わすベシとウ・ウズとの対応について見て来た。

ベシは確かな推量を表わす故に、推量辞を伴わない、用言終止形などの断定的な表現に置換されている用例も多く認められる。

25周礼ニ春ノマツリヲ祀ト云ハ春ハ四季ノ首ナレハ祭ノ通号ヲトテ春ノマツリニ名ケタルナルヘシ(一九1オ)

周礼ニ祀ハ祭リノ通号ソ春ノ祭ヲ祀ト云ハ春ハ四季ノ始チヤニ仍テ通号ヲ以テ春ノ祭ニ名ケタソ(一九1オ)

26礼ヲ具ヘテモテナサンモ安カルヘキニ何トテ族人トハ燕セサルソト云(一四16オ)

礼義ヲ備ヘテ人ヲモテナサレウハヤスイヨ酒モ肴モアルニ幽王ハサテナセニ親類ヲ燕シテメサレヌソ(一四15オ)

27前ニハマコトカト思タレハ佞人ノクセモノトテ汝ヲソシルヘキト也(一二42オ)

前ニハウケカウタリトモ後ニハクセ物チヤト云テソシラル、ソ(一二34オ)

28朝廷ニハ薪蕘ノヤウナル小人カ聚テヨキ成敗ハナキホトニ民

カタ、今危亡スヘキ也（一二8ウ）
朝廷ニハ薪ノヤウナ小人カアツマツテ居程ニ只今ニ民ハアフナイソ（一二7オ）

確述を表わすヌベシもタに置換されている用例が2例認められる。

29遊女タニ求メラレス況ヤ室ニハタラカイテ処者ノ貞潔ナル事ハ知ヌヘシ（一24オ）
遊女タニ貞潔ナラハ室中ニイル女ハ云ニ不レ及シラレタソ（一29ウ）

30名アル魚サヘ多シ其外雑《サウ》魚ノ多コトハ知ヌヘシ（一五15ウ）
名アル魚タニ多イ程ニ雑魚ノ多コトハキコエタソ（一五14ウ）

また、「云ヘシ」を「云イテハ叶マイソ」に置換した用例が見られる。

31泉ノ水ノミナニナルハ地中ヨリ水ハ湧サル故也ト云ヘシ（一八58オ）
泉カ尽ハ地中カラ水ノワカヌイワレチヤト云イテハ叶マイソ（一八51オ）

右の「叶マイソ」が省略されると「（云）イテハ」という強調表現が生ずる。

32カク云心ハ人ノタメニ善事ヲセハ人カ我ニ善事ヲモテ報スヘシ（一八10オ）
言ハ人ノタメニヨイ事ヲセハヨイ事ヲシテカヘサイテハソ（一八8ウ）

33王命ヲ受テハ早速ニ行ヘシ（一八32ウ）
天子ノ王命ヲウケテハイカニモ早速ニ行イテハソ（一八30ウ）

また、「べシ―ウマデ」の対応も見られる。「マデ」が文末にあると「強調」を表わすことはかつて述べたことがある。(9)

34田猟ハ獣ヲ教ヘンタメ也サルホトニイツレノ馬ヲモ皆習ハスヘシ（六13オ）
田猟ハ合戦ヲ教ヘウタメチヤ程ニトノ馬ヲモナラハカサウマテソ（六19オ）

35天子ハ我等ヲ燕セヌホトニ自ラ己カ酒ヲ飲テタノシム事ヲ今タスヘシ我レト酒ヲ飲カ即天子ノ燕礼ニアタルヘシト云（一四17オ）
天子ハ酒ヲクレラレヌ程ニジゲタミニシテ酒ヲノマウソ其ヲ天子ノタマウルト思フテ居マテヨ（一四16オ）

次に「兆し（気配）」の用法の分析に移る。「兆し（気配）」について川村大氏は、次のように説明される。

現実世界の状況が、その事態の存在の兆し・気配を孕んでいることを主張する表現性を、〈推量〉とは別に〈兆し・気配〉と名付けておく。（339頁）

中西宇一氏はベシの用法を「様相的推定（ソウダ）」「論理的推定（ハズダ）」に二分類されたが、[10]「兆し・気配」は「様相的推定」の領域に属する。「兆し・気配」のベシに対応する助動詞としてはサウナ・ゲナがそれに近似する推量を表わす。

36甞烝ト云ヘキヲ烝甞ト云ハ文章ニ便シテ云也（一三20オ）
　其ナラハ甞烝ト云サウナカ文ニ便シテ云ヌソ（一三19オ）

37聞入ツヘケレハ針ヲ鬼ニナスモノ也（一二34オ）
　カヲ、ミテキ、入ラレサウナレハ針ヲ角ニナイテ云物ソ（一二28オ）

38前後時代テ見レハ宣公ノ女子カナンソテ有ヘシ（三27オ）
　前後ノ時代テ考ヘテミレハ衛宣公ノ女テアリケナト云事テ候（三32ウ）

サウナ・ゲナについてはかつて考察したことがある。サウナは視覚的判断を始原とするもので、そこから「適当」、すなわち、そう判断するのが妥当である、という意味が派生すると述べた。[11]ゲナは「根拠のある推定」「断定の和らげ」を表わすとしたが、[12]前者の「根拠のある推定」は限定が強すぎるようである。山本佐和子氏[13]は、大鹿薫久氏[14]の所説を踏まえ「「所与の情況からその背後にある、全体としての事態を把握している」、「推定」といわれる所与に対する判断」を表わすとされる。その捉え方の方が妥当である。

ベシの否定マジがサウナの否定形サムナイ[ウ]に対応する用例も見られる。

39厲王ノ本心ハワルキホトニ教テモナルマシキ也（一八10ウ）
　賢ナト愚ナトハ人々ノ本心チヤ程ニ厲王ハ云タリトモナヲリサムナイソ（一八9ウ）

40其人ソラコト云マシキ躰ナルカ暴公カ我ヲ譏スルトキ共ニアイツチヲウツカ其人ノ心根也（一二37オ）
　ソラ事シサムナイ人チヤカ暴公ニ同心シテ譏言シタソ（一二30ウ）

文末（述語）の場合、ウ・ウズそのものに「兆し・気配」の用例は見られないが、「ウズ（ウ）＋体言」に「予兆」を表わす用例が認められる。

41此（＝蹄ノ白イ）豕カ進テ水ノ流テ波ノタツ処ヲ渡ル是ハ地ニヲイテ雨ノフルヘキシルシノミユル処也（一五27ウ）
　是カス、ンテ浪ノ立処ヲ渡テ行ヨ是カ地ニヲイテ雨ノフラウス瑞相ソ（一五24ウ）

42熊ト羆トヲ夢ミルハ男子ヲ生ムヘキ祥ナリ（一一18オ）

メテタイ男子ヲ生ス吉夢テ候トカウ云タマテソ（一一15オ）

43赤鳥ガ牟麦ヲ含デ来ハ周ノ天下ヲタモツベキ瑞《シルシ》也（一九21オ）

赤イ鳥カ牟麦ヲフクンテ来ソア、ヨイカナトタンヒシテ此瑞ノアルハ光明ノ徳ヲ受ラレウ瑞相テアルソ（一九15オ）

ベシには単独でも「予兆」を表わす用例が認められるが、右はウ・ウズそのものが「予兆」を表わすのではなく、体言「瑞相・シルシ・吉夢」などがそれを意味する。ウ・ウズは広義における「推量」を表わすだけである。

以上、川村氏がA類「観念上の事態成立主張用法」のうちA1「現実世界接触用法」に分類された「推量」「兆し・気配」の用法について見て来た。「予定」の用例は『毛詩聴塵』には見られない。

三「べし」の用法（二）反実仮想・可能

川村氏の分類A2「現実世界非接触用法」には「反実仮想」「可能」などが含まれる。「反実仮想」について川村氏は次のように説明される。

> 現実世界に生起せずに終わっている非現実の事態について、現実世界の状況とは異なる状況を観念上に敢えて設定し、その下では当の事態が成立することを主張する〈反実仮想〉用法である。（342頁）

「非現実の事態」を想定し、「その下では当の事態が成立することを主張する」という捉え方はその通りである。「反実仮想」とは、現在または過去の事実の反対を想定するのであるから、論理学用語で言えば、命題の「裏」にあたり、現在または過去の事柄が「真」であるならば、当然「裏」も「真」である。したがって、「反実仮想」表現の文末には蓋然性の高いことを示す辞が現れる。すなわち、ベシがそれに相当する。かつて述べたことであるが、「反実仮想」表現の文末辞は「マシ→ベシ→ウズ」のように変化した[15]。したがって、『毛詩聴塵』のベシと『両足院本』のウズとが対応する。

1遅トモ限アラハタノミテ待ヘキニ其期ナクシテ何トテ我レニ物ヲ念ハシムルソト也（六15オ）

限カアラハヲソク共其ヲ期ニ待スカ限リカナイ程ニソ何トシタ事ニ思ヲハサセラル、ソ（六22オ）

2モシ此君ヲ見ルナラハ君子ノタモトニスカツテ是非共ニヤルマシキトテウテハヲレ衣裳ハキル、トモ留ムヘキトナリ（四22ウ）

是非ニ逢タラハタモトハキル、トモマ一度ヲ皈リアレト云テ引トメウス物ヲソ（四24ウ）

3我モシ子カ今日来ラント云事ヲ兼テ存知シタラハ雑玉ヲ以テ佩ヲコシラヘテ贈ヘキモノヲト也（四24ウ）

兼テカラ御出アラウト知タラハ玉ヲコシラヘテマラセウスモノヲエシライテ無念ニ候（四26オ）

用例2・3・のような「〜タラバ…ウズモノヲ」が「反実仮想」の典型的な表現形式である。先にウズが「当然…はずだ」という当為の意味合いを含む場合は、「実際にはそうならない」という現実との乖離を表す文脈に用いられることが多く、それ故に、逆接の助詞ニ・ガ・ヲに続く用例が認められると述べたが、「反実仮想」はこの用法の延長上に位置する。ウに「反実仮想」の用例が無いのは、「当然…はずだ」という当為の意味合いを含まないためと考えられる。

次に、「可能」の用法に移る。川村大氏は広く「可能性」として捉え、「可能」は「〈可能性〉の表現性の一角として」認められるとされる。その「可能性」がA2「現実世界非接触用法」に属する理由を次のように説明される。

現実世界において潜在的に生起し得るものとして事態を述べるに留り、実際に生起するものとして事態を述べてはいない（その点で〈推量〉〈兆し・気配〉とは異なる）。（347頁）

「可能」の場合、「実際に生起するものとして事態を述べてはいない」と言い切れるかどうか疑問は残るが、今は紹介するにとどめる。実際の用例について見て行くことにする。

まず、ウが単独で可能を表わす用例は見られない。次のように、「ベシ―ウズ」の対応は、認められる。

4王者ノ尊カ民ニ恩沢ヲエ行ハヌト云コトハナニカアランソ安〃ト行フヘキモノヲトタトフル也（四5ウ）

王者ノ民ヲ撫育スルコトハナライテハヤス〱トナラウスヨ（四6ウ）

5此葦ハ人ノ用ニ立ツヘキホトニ周ノ先王ノ此葦ヲ愛シ秘蔵セリ（一七13オ）

此葦ハ人ノ用ニ立ス程ニト云テ周ノ先王ノ秘蔵シテヲカレタソ（一七9ウ）

「ウズ+体言」にも可能を表わす用例が認められる。

6我カ此憂ハ酒飲テ遨遊シテ忘ルヘキ憂テハ無ソ（二3ウ）

我患ハ一段悲イ患チヤ程ニ遨遊シタ分テ忘レウス患テハナイソ（二3オ）

中古以来、可能表現は肯定形で用いられることは少なく、「〜（ら）れず」のように否定形で用いられるのが一般である。それは「ベシ」についても同様であり、否定形で用いられることが多い。その場合、「〜ベキヤウナシ」という表現形式が多く見られる。その「〜ベキヤウナシ」は「〜ウ（ウズ）ヤウガナイ」に置換されている。『史記抄』の場合、ウズ10例に対しウの用例は無い[16]等、元来は「〜ウズ」の方が正統であったが、ウがウズの領域を侵食した結果、『両足院本』ではウ16例・ウズ4例と「〜ウ」の方が多数を占める。

7魏国隣国ニ削ラレテ民一生ヲスコスヘキヤウナシ（五16ウ）
魏ノ国カ隣国へ削ラレテ一生ヲ過サウヤウカナイソ（五22オ）

8此梁庭ニ一ハイニナリテ除キスツヘキヤウナシ（一五20オ）
沫カ庭ニ一盃ニナツテ取テノケウヤウカナカツテアツタカ…（一五18オ）

9昔ニヒキカエテ今日ノ躰ノアサマシサハ云ヘキヤウモナシ（一三5オ）
モトノ所へ立皈テミレハ昔ニ引返《カヘ》テ申サウスヤウモナイ程ニ只潸然ト涙ヲ流スハカリソ（一三4ウ）

10此人ノ威儀体佩ヲミテ似セテ行フヘキヤウナシ（七1オ）
大夫チヤ程ニ似セテ行ハウス事チヤカ似セウスヤウカナイソ（七2オ）

このように、不可能を表わす「〜ウ（ウズ）ヤウガナイ」が表現形式として一般化した結果、『毛詩聴塵』の本文が「ベカラズ・ベキニアラズ」であっても『両足院本』では「〜ウ（ウズ）ヤウガ（モ）ナイ」に置換されている用例が認められる。

11玁狁ノ陣ハ堅固ナルホトニ大方ノレウケンナトニテ亡スヘキニアラス（一〇14オ）
エヒスノ陣カツントカタイホトニ大方テハヤフラウヤウカナイソ（一〇14オ）

12夫人トノムツコトナトヲハソヽロニ云ヘカラス（三3オ）
ムツコトナト云ヲハ申サウスヤウモナイソ（三4ウ）

現代語では、この表現は「言いようがない・答えようがない」のように「連用形＋ようがない」の表現形式をとる。次の「存生シテ居ヤウカナイ」は『二十冊本』も同文（一四7オ）である。このままを認めるならば、「連用形＋やうがない」の早期の例となる。

13天下飢饉スルホトニ矜寡ノヒトリウトカ存生シテヰヘキヤウナキモノ也（一四6ウ）
天下カ飢饉シタ程ニヒトリウトカ存生シテ居ヤウカナイ（一四5オ）

このようにして、可能ベシの否定形「ベカラズ・ベキニアラズ」は「〜ウ（ウズ）ヤウガナイ」のように、形式名詞ヤウを用いて分析的に表現されるようになった。それは「ウ・ウズ」そのものではなく「～ヤウガナイ」という表現形式のほうに可能（の否定）の意味が移行していることを意味する。

四　「べし」の用法（三）　当然・適当・意志・命令

川村氏のベシ二分類のうち「当然・適当・意志・命令」などはB類「事態の妥当性主張用法」に属する。次のように説明される。

「～ベシ」で述べられている事態の存在することが適当であること、妥当であることを述べる（〈事態の妥当性〉）ものがある（中略）。従来「当為（義務）」「意思」「命令」を表すとされている用法は、いずれもこの種の用法として捉えることができる。（348頁）

さらに、B1「事態の妥当性主張専一用法」として「当為（義務）」の類を、B2「事態実現希望用法」として「意志」「命令」に下位分類する。B2について次の説明がある。

当の事態が妥当性を帯びていることを述べることによって、話者がその事態の実現を求めていることを主張する用法（中略）である。（348頁）

妥当性を帯びている事態は、なろう事なら現実にそうあることが望ましいとされている事態である。（中略）話者が自ら実現・存在せしめる事態として求めている場合、〈意思〉の表現性を帯びる。…聞き手の実現・存在せしめる事態として求めている場合、〈命令〉の表現性を帯びる。（349～350頁）

右は、従来、ベシの用法として並記されることの多かった「推量」「意志」を、「推量」はA類、「意志」はB類、と区別した上で、「意志」「命令」を、B2「事態実現希望用法」という同一次元に属するものとして捉えた点が優れている。また、「話者」「聞き手（対者）」という対話形式に用いられる、すなわち、対人的モダリティ（「伝達」）に属するという把握の仕方も的確である。

ベシの表わす「意志」については、小田勝氏に、中古においては「意志」の意は認めないほうが良いとする次の説明がある。[17]

「べし」は、当然・適当であるという当為判断を表すが、そう判断される行為が自分の行為である場合、意志の意が出ることがある。しかしそれは、当然・適当の意と同質のものなので、少なくとも中古にあっては、「べし」に「意志」の意を認めない方がよいと思われる。（222頁）

「む」は、内発的意志、すなわち、願望に近い意志を表わすが「べし」はそのような意志は表わさない。状況判断に基づき、そうするのが当然だ・適当だという外発的意志を表わす。「当然・適当の意と同質のもの」という小田氏の見解は尤もと考えられる。川村氏の考えをも勘案すれば、そうするのが「当然・適当」だという判断が、他者に対しては「命令」、自己に対しては「意志」を表わす意味用法に派生して行くことになる。また、ベシは「意志」そのものでなく、対者（聞き手）に対し、「意志の表明」を表わすものと考えられる。

　本稿の始めに、ベシには対事的モダリティ・対人的モダリティの両用が認められると述べた。川村氏のA類は対事的モダリティ、B類は対人的モダリティと捉えることは可能である。ただし、実例に即して行くと、その判別には微妙なものがある。たとえば、川村氏は『源氏物語』から次の用例をB1として引用される（引用は「新日本古典文学大系」本に拠る）。

「匂ひの深さも浅さも、勝ち負けの定めあるべし」

（梅枝　三153頁）

　川村氏は、これに続く文脈から、「定めあるべし」を「あって当然だ→なければならない」と解されたと考えられる――その方が妥当である――が、「必ずあるに違いない」とも解し得る。ベシそのものの多義性の故に、A類かB類かの判定には微妙なものがある。

具体例の検討に移る。ベシB1には「当為（義務）」の他に「適当」の用法もある。

1武王ヲ歎美シテ愛スヘキハ此武王也（一六41オ）
愛セウス人ハコノ武王テヲリアルソ（一六31オ）

2其法後世ニ伝フベキモノ也（二〇1オ）
此カ又子孫マテ伝ヘウスヨイ法テアツタソ（二〇1オ）

3大衆ノ居ヘキ処ト云義也（一七32ウ）
大勢ノ衆人ヲ、イテヨカラウ野チヤト云心ソ（一七26オ）

4地高ナル処ノ都邑ヲ立ヘキ処ヲミル也（一七32オ）
小高イ処ノ都ノ立テヨサウナ処ヲミラレタソ（一七26オ）

用例1には「ベシ―ウズ」の対応が見られ、ウズが「適当」の意を表わしているけれども、他はウズと共にウ・サウナが用いられている。その場合、「伝ヘウスヨイ法・ヨカラウ・ヨサウナ」のように「適当」の意は「ヨイ」によって示され、ウズ（ウ・サウナ）単独では「適当」の意は表わしがたい傾向が見て取れる。

　さて、ベシの「当然・義務」の用法は「～ウ（ウズ）事ヂヤ・ゾ」に置換される。すなわち、「適当」の場合と同じく、ウズ単独では「当然・義務」の意は表わし難くなっている。

5武公ハ一国ノ君ナレハ往テ仕フヘキニ今日誰人モ往テ仕ヘサルハ…孤特ニシテアルユヘ也（六9オ）

武公ハ一国ノ公チヤ程ニ皆皈セウ事チヤカ皈セヌハ賢者カナウテ独リ立ナ程ニ皈セヌソ（六13オ）

6朝廷ニハ君子コソアルヘキニ小人ノアルハ是又非常ノ事也（七16オ）

朝廷ニハ君子ノ居ス事チヤニソレハイ、テ小人ノ朝ニ居タト同シ物ソウツテカヘテ候ソ事ノ外チカウタソ（七23ウ）

7武王ノ紂ヲ／伐テ後ニ旧国ヲハ皆削滅スヘキニサモナシ（一九7オ／ウ）

武王ノ殷ノ紂ヲ伐レテ後紂カ旧国ヲ伐テノケラレウス事チヤカサモナイヨ（一九6オ）

「当然・義務」のベシの否定「ベカラズ（ベキニアラズ）」に対応する場合も「ウ（ウズ）事デナイ」が用いられる。

8イカニ親シクトモ不賢ヲハ用ヘカラスト云心也（一二4オ）

女房カタノ親類ヲ呼出テ賢人テナイ物ヲ用ラレウ事テハナイソ（一二3ウ）

9人君タル者カ我レト莫草ヲ采ヘキニアラス（五14ウ）

人君タル人カ我ト莫ヲ取レウ事テハナイソ（五19オ）

10怨ムヘカラスシテ怨ハ空也（一五8オ）

恨ス事テモナイ事ヲ恨ルカウアル物ソ（一五6ウ）

右のように「ベカラズ―ウ（ウズ）事デナイ」の対応が見られる

が、注目すべきは、「連用形＋ゴト」構文（青木博史氏の命名に拠る）[18]が用いられていることである。

11女子ハ父母ノ家ニイツモヰヘキ事ニアラス（一15ウ）

父母ノ家ニ／居事テハナイソ（一19オ／ウ）

12我モチフンノ内ニテ我泉ノ水ヲモ飲ムヘカラス此ハ我文王ノ泉ナリ我文王ノ池ナリソナタノ分領ニアラサレハイロヒヲナスヘカラスト也（一六35オ）

我カ周ノ地ノ泉池テ水ノミコトモイヤチヤソ其方ノ分内テメサレヨコナタヘ来テヲカシ事ハイヤテ候ト云ソ（一六25オ）

13我カ穀木ニ集ヘカラス我粟ヲ啄ムヘカラスト云也（一一11ウ）

穀木／ト云木カアルソコニハシイナ又粟ヲツイハミ事モイヤソ（一一10オ／ウ）

「連用形＋ゴト」構文についてはかつて扱ったことがあるので[19]、詳しくはそちらに譲るが、次の用例で「求ムヘキ事ナシ」が「求（モトメ）事ハアルマイ」に対応している。

14女帰―民ニハ求ムヘキ事ナシ力ヲ農耕ニ勤ヨト求ル也（一九21オ）

ソチカ今国ヘ皈タラハ何事ヲ民ニセイト云テ求スソ求事ハアルマイ（一九14ウ）

文脈からして、「求ムヘキ事」は「求めなければならない事柄」の意である。したがって、対応する「求（モトメ）事」も「求ムヘキ事柄」の意となる。すなわち、この「事」は「事柄」という意を表わす故に実質名詞である。それに対し、用例11で言えば、「ヰヘキ事ニアラス」と「居事テハナイソ」とが対応している。このときの「事」は実質名詞ではなく、形式名詞である。すなわち、「父母ノ家ニ居ヘキ」コト全体を名詞節として括る、すなわち、体言化する働きをしている。「父母ノ家ニ居事」も同様である。この場合、「居事」に「ヰヘキ事」の「ヘキ」の意が含まれる点は、「求ムヘキ事＝求（モトメ）事」と同じである。それ故に、体言化の「連用形＋ゴト」は当然・適当という意味での「ベシ」の意味を含有する。このようにして、「ベカラズ—ウ（ウズ）事デナイ」と同様、「連用形＋ゴト（デナイ）」が「ベカラズ」の言い換えとして用いられていることには注意する必要がある。

次に、B2「事態実現希望用法」としての「意志」「命令」の用例に移る。まず「意志」のベシはウズに置換されている。

15若斉《モシ》カラ我方ヘ木瓜ヲクレハ返報ニハ瓊琚ノ玉ヲモテスヘシ（三32オ）

モシ斉カラ木瓜ヲクレラレタラハ…アナタカラハソトシタ物ヲ、コサレタリトモ玉ヲ返報ニタサウスヨ（三40オ）

16若車ヲ駕シテ来ラハ我コレト行ヘシ前ニ行カサルカ後悔ナレハ今度ハ行ヘシト也（四30ウ）

叔ト云モノカ嫁シテクルナラハ行ウスヨト前ニユカヌカ後悔ナホトニソ（四32オ）

17仁愛アツテ又我ヲ好スル者カアラハ我其人ト手ニ手ヲトリ組テ同道シテイヌヘキ也（二30ウ）

若シ仁愛ノ道カアツテ我ヲ仁愛スルヤウナ人カヲリヤラウナラハ其ト手ヲ取テ同道シテイナウスソ（二37ウ）

「意志」のベシがウに対応する用例は見られない。前述したように「意志」のベシ・ウズは「意志の表明」を意味するものであるから、願望に近い意志を表わすにとどまるウは、それに相応しくないものと考えられる。

次に「命令」の用法に移る。ベシの「命令」は全て動詞命令形に置換されている（56例）。手控抄物の『毛詩聴塵』は文章語であるから、その文体は基本的に常体であるが、聞書抄物の『両足院本』は、口頭語的性格を有する故に、敬体を多用する。「命令」の場合、『両足院本』はa常体8例、敬体38例であり、敬体はb尊敬24例、c尊敬＋丁寧14例に分かれる。a・b・c各1例ずつを引用する。

18モシ老者ニ酒ヲ飲シメハ其気根ホトニ酒ヲノマスヘシト也

（一五8ウ）

酒ヲノマセウナラハ…老者ノ気力程ニ酒ヲノマセイ（一五7オ）

19君モ臣モ酒ニ酔トモ各汝ノ威儀タイハイヲツ、シムヘシ
（一二28オ）

酒ニ酔タリトモカマイテミタリニナセラレソヨク〳〵ツ、シマレイ（一二22ウ）

20威儀ヲヌタニセスシテ有徳ノ人ニ近ヘシ（一七45オ）

威儀ヲヌタニハシメサレナ…有徳ヲチカツケ候ヘソ
（一七38オ）

用例20の「チカツケ候へ」は尊敬表現「チカツケアレ」をさらに「候へ」に換え、丁寧の意を添えたものである。ベシ（命令）に対応するウ・ウズの用例は見られないが、ウズが動詞命令形に対応する用例が1例見られる。「動詞命令形→ベシ→ウズ」という経緯を辿ったものと考えられる。

21叡心モ安寧ニ御座アレトネカフ也（一八44オ）

天子ノ御心モ安寧ニ御座ラウスソ（一八38ウ）

五　「べからず」の用法

ベカラズは否定の「命令」すなわち「禁止」と、それ以外の用法とに分かれる。「禁止」から見て行く。ベカラズに対応する禁

止表現は「な―そ」と「―な」の二様が認められる。「な―そ」17例「―な」13例であり、「な―そ」も活発に用いられている。柳田征司氏に「「ナ…ソ」と「…ナ」とは、柔らかい表現と強い表現として共存し得ていた」という指摘が見られる。[20]

「な―そ」の用例は次のとおりである。

1人ノワルキ事ナトノイワストモノ事ヲハ人ニ雑談スヘカラス
（一四28ウ）

イワス共ノ事ヲナ云ソ人ノ悪事ナトヲハナ云ソ（一四24ウ）

2何ノ益カアルト云ヘカラスト云義也（一七48ウ）

益ナシトナ云ソ、（一七41ウ）

「な―そ」の用法として、尊敬表現を伴うものが見られる（7例）。しかし、右の用例に見られるように、常体も10例あり、逆に「―な」も13例中10例までが尊敬表現を伴うので「な―そ」の特徴的な用法とは言えない。むしろ、「な―そ」自体物言いが柔らかい故に、尊敬表現を用いなくても差し支えないものかとも推定される。用例3は「ナ」の代わりに陳述副詞「カマイテ」が用いられている。

3道徳ヲ／荷担スルホトニ成王モ道徳ヲ行ヘシ油断スヘカラスト示也（一七36ウ／37オ）

荷担セラル、程ニカマイテ／油断ハセラレソ道徳ヲ行レイソ

（一七30オ／ウ）

4此文ヲ引ハ悪人ヲ賢人ニ代テ禄ヲ食シムヘカラサル事ヲ云　（一八14ウ）

此文ヲ引心ハ悪人ニハナハマセラレ／ソト云心ソ　（一八13ウ／14オ）

ベカラズに対応する「―な」13例の特徴は、強意の助詞バシと呼応する用例が多く（12例）見られることである。すなわち、「バシ―ナ」が禁止の表現形式となっている。[21]

5当世ノヤウヲヨイト思テソレヲ法ニ立ヘカラス（一七48ウ）

当世カヨイト云テ其ヲ道ニ立ル事ハシアルナ（一七41ウ）

6高ク上ニアリテ人間ヘハ遠ホトニ人ノ善悪ヲハエミラレマシキト云ヘカラス（一九37オ）

高シテ遠程ニ人間ノ悪ヲハヱミラレヌトハシ云ナ　（一九26ウ）

ベカラズに対応する「―な」がバシを伴わない用例は次の1例に過ぎない。

7ナニトモナキ事ヲ云トテ笑フヘカラス（一七47オ）

タワ事ヲ云ト云テ笑ワレナソ（一七40オ）

一方「ナ―ソ」がバシと共起した用例は、『両足院本』全体でも「其ノ木ヲハシナヌライソ（一三5ウ）」の1例しか見られない。

さて、「禁止」とは「否定＋命令」の意であるが、その「否定」と「命令」とを分離した分析的表現も認められる。

8カヤウノ処ヲ慎テ威儀ヲ乱ルヘカラス（一八9ウ）

人君ノ威儀ヲ乱ラヌヤウニメサレ候ヘ（一八8ウ）

9善道ヲ行フコトヲ勉テ倦ヲコタルヘカラス（一六23オ）

カマイテ善道ヲ行事ヲ退屈セイテメサレ候ヘ（一六15ウ）

次に、ベシの否定マイ（←マジ）の用法についても見て行きたい。まず、禁止の用例は、マイ24例中、ただ1例（用例10）のみである。用例11は「スヘカラス―セマイ」と対応しているので、禁止のように受け取られるけれども、「只ヤク心也―タ、ヤク心マテソ」とあるように、「ツ、ミヤキの意ではあるまい」という否定推量の意味である。前述したように、禁止は「な―そ」「―な」が一般で、マイが単独で禁止を表わすことは稀である。

10文王マツ彼カ曲直ヲ正シテ曲ヲハ伐ヘシ直ナラハ伐ヘカラスト也（一六34オ）

人ノ曲直ヲヨクハカツテ曲タヲハウチ直ナヲハウツマイソ　（一六24ウ）

11此鼈ハツ、ミヤキニハスヘカラス此ハ只ヤク心也（一〇15ウ）

鼈ノカメ／ヲハツ、ミヤキニハセマイコ、ハタ、ヤク心マテソ（一〇15オ／ウ）

「不可能」を表わすマイの用例は次の4例である。可能の意味は「トラレ・ケサレ・サセラレ・居ラレ」が表わしているので、マイは否定推量を表わすだけであり、マイ単独では不可能の意味は表わさない。ベカラズの不可能の意味は「〜ウ（ウズ）ヤウガナイ」で表わされるためであると考えられる。

12タトヒ其子孫ヲ殺トモ其官位土地ヲ奪コト得ヘカラス（八11オ）
タトヒコロサル、トモ土地官位ヲハエトラレマイソ(八17ウ)

13王業ノ堅固ナル時ハ滅スル者アルヘカラス（一二10オ）
王業ノ堅固ナ時ハ何ト滅《ケ》トシタリ共ケサレマイソ(一二8ウ)

14此人ヲ位ニ置テ天下ノ衆民ヲ窮困セシムヘカラサル事也（一二3ウ）
アノヤウナ人ヲ官ニヲイテ我衆民ヲ困窮ハサセラレマイ事チヤモノヲ也（一二3オ）

15周公ノ一夜二夜ノ間ハソナタニ処ヘシ久ハソナタニモ留ルマシキソト也（八19オ）
一夜二夜ハソナタニ居ラレ候ワウス聖人チヤホトニツイニハ居ラレ候マイソ（八26オ）

用例15で『毛詩聴塵』の「留ルマシキ（=可能の否定）」を『両足院本』では「居ラレ（=可能）候マイ（=否定）」と分析的に表現しているのが注目される。

否定の推量・意志のベカラズは、基本的にマイに対応する。

16一官一職ヲフサケタル身ハ随意ニシテカナフヘカラス各其身ヲ敬ムヘシト也（一二21オ）
一官一職ヲフサケテ居タ人ハ随意テハカナウマイソツ、シマレイ（一二16オ）否定推量

17義アラハ我往クヘシ礼ナクハ従フヘカラスト云（五4ウ）
義カアラハイカウソ礼カナクハイクマイソ（五5ウ）　否定意志

先にベシ肯定形に見たのと同様、ベシの否定形ベカラズにも推量辞を伴わない断定的な表現に置換されている用例が認められる。

18黿ハカメニテハアルヘカラス黿ハ蚖ナリ（一五20オ）
黿ハカメテハナイトカケソ（一五18オ）

19西牡《ホ》ト清テヨムヘシ牡《ホウ》トハヨムヘカラス（九3ウ）
ホト清ソホウナトハヨマヌソ（九3ウ）

20玉ナトノカケタルヲハミカキナヲスヘシ人君ノ一言モアヤマリタル事ヲ云出タルヲハ二タヒミカキナヲスヘカラスト云（一八8オ）
玉ヤナントノカケタヲハミカキナヲス事ハアラウソ詞ノアヤ

マチハ何トシテモナヲサヌ物ソ（一八7ウ）

以上、ベカラズがどのような語句・表現形式に置換されているかを述べた。

川村大氏の分類に従い、『毛詩聴塵』のベシが『両足院本』でどのような語句・表現形式に置換されているかを見て来た。冒頭に述べたように、現代語において、ベシ1語が担っていた多様な意味用法は、それぞれ異なる語句・表現形式により、分析的に表現し分けられている。その萌芽が「〜ウ（ウズ）ヤウガナイ」「〜ウ（ウズ）コトヂヤ」「ヨカラウ・ヨサウナ」など『両足院本』にも認められる。また、基本的に語としてベシに対応するものはウズであるが、ベシがその多義性の故に口頭語から衰退したのと同様に、ウズも同様の理由で衰退・消滅したものと考えられる。

〈注〉

（1）京都大学附属図書館清家文庫蔵。大塚光信氏御所蔵の写真を借覧させていただいた。

（2）臨川書店複製本に拠る。『二十冊本』（大塚光信氏御所蔵の写真）も参照した。

（3）倉石武四郎氏・小川環樹氏・木田章義氏校訂『毛詩抄　詩経（一〜四）』（一九九六年　岩波書店）第一巻「『毛詩抄』解説」

（4）川村大氏「ベシの諸用法の位置関係」（『築島裕博士古稀記念　国語学論集』一九九五年　汲古書院　所収）以下、川島氏の所説の引用は同書に拠る。

（5）川村大氏「ベシの表す意味――肯定・否定・疑問の文環境の中で――」（『山口明穂教授還暦記念国語学論集』一九九六年　明治書院所収）

（6）拙稿「『両足院本毛詩抄』における「う・うず」の用法」（近代語学会編『近代語研究　第二十一集』二〇一九年　武蔵野書院 所収）

（7）勉誠社複製本に拠る。日本語訳は『邦訳日葡辞書』（岩波書店）に拠る。

（8）拙稿「『玉塵抄』における「らう・つらう・うずらう」の用法」（『國學院雑誌』二〇二〇年五月）

（9）拙稿「『玉塵抄』における「まで」の終助詞的用法」（『国語国文』二〇一七年三月）

（10）中西宇一氏『古代語文法論』（一九九六年　和泉書院）第六章「「べし」の推定」

（11）拙著『中世文法史論考』（二〇〇八年　清文堂出版）第四章第三節「『玉塵抄』における助動詞「さうな」の用法」

（12）拙著『抄物語彙語法論考』（二〇一四年　清文堂出版）第二章第三節「抄物における助動詞「げな」の用法」

（13）山本佐和子氏「中世室町期における「ゲナ」の意味・用法――モダリティ形式「ゲナ」の成立再考――」（『同志社国文学』第92号　二〇二〇年三月）

（14）大鹿薫久氏「本体把握――「らしい」の説――」（『宮地裕・宮地敦子先生古稀記念論集日本語の研究』一九九五年　明治書院 所収）

（15）注（11）の拙著第四章第二節「抄物における反実仮想表現」

（16）拙著『玉塵抄の語法』（二〇〇一年　清文堂出版）第三章第一節第

二項「史記抄における助動詞「う」「うず」」134頁。
(17) 小田勝氏『実例詳解古典文法総覧』(二〇一五年　和泉書院)
(18) 青木博史氏「中世室町期における「動詞連用形+ゴト」構文について」(『国語学』一九八集　一九九九年九月)
(19) 注(12)の拙著第二章第一節「抄物における「動詞連用形+ゴト」構文の諸相」
(20) 柳田征司氏『日本語の歴史補巻　禁止表現と係り結び』(二〇一七年　武蔵野書院)161頁。
(21) 拙稿「抄物における助詞「ばし」の構文論的考察」(近代語学会編『近代語研究　第十八集』二〇一五年　武蔵野書院　所収)

(やまだきよし・昭和女子大学名誉教授)

『国語国文』第九十巻第五号（令和三年五月刊）

後水尾院歌出典考

中村健史

1

『後水尾院御集』についてははやく吉沢義則氏に『頭註後水尾院御集』（仙寿院、一九三〇年）[1]があるほか、近年大規模な叢書の一部として久保田啓一氏『新編日本古典文学全集　近世和歌集』（小学館、二〇〇二年）[2]、鈴木健一氏『和歌文学大系　後水尾院御集』（明治書院、二〇〇三年）などが刊行され、研究は次第に活況を呈しつつある。

しかし、なかには典拠の考証が充分でなく、内容に疑問の残る作品も少なくない。たいていの歌人がそうであるように、院もまた先行の文芸からさまざまな影響を受けていた。本説との関係を考えることは重要な意味を持つ。だがわれわれは

つくづくと文に向かへば古への心々の見えてかしこき

（『後水尾院御集』一二七八）

とうたった人物の「文」を、あるいは「心」を、どれほど正しく理解できているのだろうか。後学のひとりとしていささか忸怩たる思いを禁じえない。

本稿は『御集』のなかから数首の和歌を取りあげ、その注釈を補おうとする試みである。ことがらの性質上、論は往々にして些末にかたむくが、ともかくも一首ずつできるだけ精確に読みすすめてゆくことを心がけたい。

2

風光日々新

民を思ふ道にも知るや白雪の古きに染めぬ春の心を

（『後水尾院御集』一九三）

中院本、書陵部本によれば[3]寛永十七年一月十七日（一六三九年）、御会始での作。おおむね「白雪が降るように、古いものに

染まらない春の心は、民を思う政事の道にも通じることだ」というほどの内容であろうか。先行の注釈は

○白雪のふるきに――白雪の降るに古きをかけ給へり。
（吉沢氏『頭註後水尾院御集』）

○古きに染めぬ―旧年中の景物である白雪のような古色には染まらない。「白雪の降る」との掛詞。
（鈴木氏『和歌文学大系　後水尾院御集』）

と記すのみで、題について特段の言及はないが、「日々新」とあればだれしも『大学』の

湯の盤銘に曰く、苟に日に新たに、日々に新たに、又た日に新たなりと。
（湯之盤銘曰、苟日新、日日新、又日新。）

を思いうかべるに違いない。一体この「盤銘」は後水尾院詠とどのように関わるのか。たとえば朱熹『大学章句』は以下のごとく述べるのであった。

湯以《おも》へらく、人の其の心を洗濯して以て悪を去るは、其の身を沐浴して以て垢を去るが如しと。故に其の盤に銘す。言ふこころは、誠に能く一日以て其の旧染の汚を滌ぎて自ら新たにすること有れば、則ち当に其の已に新たなる者に因りて、日々之を新たにし、又た日に之を新たにして、略く間断有るべからざるなり。
（湯以、人之洗濯其心以去悪、如沐浴其身以去垢。故銘其盤。言、誠能一日有以滌其舊染之汚而自新、則當因其已新者、而日日新之、又日新之、不可略有間斷也。）

「心を澄ませ悪を去るのは、沐浴して垢を流すのと同じだと湯は考え、たらいに銘を刻んだのである。たとえ一日でも染みついた古い汚れを洗いきよめ、自分を新たにすることができたなら、それを手がかりとして日に日に新たに、さらにまた新たにして、一瞬の間断もあってはならない」。引用中「旧染の汚を滌ぐ」は院の「古きに染めぬ春の心」に通う表現といえよう。

さらにまた『章句』によれば、湯の盤銘は『大学』冒頭の

大学の道は、明徳を明らかにするに在り、民を親《あら》たにするに在り、至善に止るに在り。

（大學之道、在明明德、在親民、在止於至善。）

「大学の道は、徳を明らかにし、民を新たにし、至善の状態にとどまるところにある」という孔子の言葉、なかんずく「親（新）民」[4]を解説するために引用されたものであった。そして朱熹はこの二字を次のように注釈している。

新は、其の旧きを革むるの謂ひなり。言ふこころは、既に自ら其の明徳を明らかにして、又た当に推して以て人に及ぼし、之をして亦た以て其の旧染の汚を去ること有らしむべしとなり。

（新者、革其舊之謂也。言、既自明其明德、又當推以及人、使之亦有以去其舊染之汚也。）

「新（親）」は古いものを改めるという意味である。人の性は生まれつき善であるが、気稟や人欲のおおうところとなって輝きを失ってしまう。君子は修養につとめ、みずからの徳を明らにしたうえで他者に及ぼし、彼らに染みついた古い汚れを取りのぞく」。すなわち民を新しくするとは、いちはやく自己を革めた君子が衆庶を教え導き、「旧染の汚」を去って明徳に復さしむるの謂いであった。

『後水尾院御集』の和歌は二つの朱注（「旧染の汚を滌ぐ」「旧染の汚を去る」）を典拠として詠まれたのではないか。特に後者については、「旧きを革むる」という精神のはたらきを民に及ぼそうとする点で御製の発想にきわめて近い。

鈴木健一氏「後水尾院歌壇主要事項年表」（『近世堂上歌壇の研究』所収、汲古書院、一九九六年）、日下幸男氏「後水尾院年譜稿」（『後水尾院の研究』所収、勉誠出版、二〇一七年）などによれば、院は初学の時期（一六〇五、一二年）に舟橋秀賢から『大学』の進講を受け、また明暦四年（一六五八年）には「止至善」の三字を大書して赤塚芸庵に与えたという。幼少のころから親しんだ程朱の学風が、詠歌にまで及んだであろうことは想像に難くない。

しかし、一方で『御集』には

河上花

花盛り過ぎゆくものは川波の夜昼分かぬならひ悲しき

（『後水尾院御集』一四七）

のような作品も残されている。第二句以下は言うまでもなく『論

語』子罕篇「逝く者は斯くの如きか。昼夜を舎かず（逝者如斯夫。不舎晝夜）」を踏まえるが、これについては朱注が

天地の化、往者は過ぎ、来者は続き、一息の停ること無し。乃ち道体の本然なり。然して其の指して見易かるべき者川の流るるに如くは莫し。故に此に於いて発はして以て人に示す。学者の時々に省察して毫髪の間断無からんことを欲するなり。

（天地之化、往者過、來者續、無一息之停。乃道體之本然也。然其可指而易見者莫如川流。故於此發以示人。欲學者時時省察而無毫髪之閒斷也。）

「聖人の道は流れる水のように生々発展して、寸時もやむことがない」と解するのに対して、古注は「川の流るること迅邁にして未だ嘗て停止せざるを見る。故に人年の往き去るも亦た復た此くの如くして、向《さき》の我の今の我に非ざるを歎く（見川流迅邁未嘗停止。故歎人年往去亦復如此、向我非今我）」（皇侃注）、無常迅速の嘆きととらえるのだった。「夜昼分かぬならひ悲しき」という『御集』は、はっきりと後者の立場に拠る。[5]

後水尾院がある程度朱子学を修めていたことは確かだが、歌人

にとって儒学的教養はけっきょくつまみ食いの対象でしかなかったのだろう。むずかしい学統の詮索はともかく、さしあたり詠むべき主題とうまく調和すればそれでいい。散りゆく花を惜しむには皇侃の説がふさわしく、新春にあたって治世の志をうたうには『大学章句』が好都合だった。敷島の道にあっては聖賢の教えすら三十一文字を彩る意匠に過ぎないのである。

3

月前眺望

目に近き山だにあるをいかにまた海見やらるる月はすむらん

（『後水尾院御集』五〇二）

「すぐそばにある山の風情も捨てがたいのに、月が澄みのぼるせいでつい海上に目をやってしまう」という叙景の歌である。吉沢氏、鈴木氏の注は

○山だにあるを――目近き山のありても月のすめる眺めは面白きに。

（吉沢氏『頭註後水尾院御集』）

○目に近き―よく見ることができるほど近い。「住の江の目

に近からば岸にゐて浪の数をもよむべき物を」（後撰・恋四・伊勢）。○住―澄む。▽近くに山があっても海上に澄んで浮かぶ月の美しさに目を奪われてしまう。

（鈴木氏『和歌文学大系　後水尾院御集』）

とするが、第四句「海見やらるる」はおそらく『源氏物語』須磨の巻に基づく。

前栽の花、色々咲き乱れ、おもしろき夕暮れに、海見やらるる廊に出でたまひて、たたずみたまふ御さまの、ゆゆしうきよらなること、所からは、ましてこの世のものと見えたまはず。

夕暮れのなか、源氏は海の見える廊にたたずみ、彼方をながめやる。「雁の連ねて鳴く声、楫の音にまがへるを、うちながめたまひて」涙を流すそのすがたは、いつもどおり清らかに美しい。しばらくすると十五夜の月がはなやかにさしのぼり、流人は都を思って「月の顔のみまもられたまふ」のだった。描かれるのは、まさしく「月前眺望」の世界にほかならない。

さらにまた物語中には、配流の地で「語り聞こえし海山のありさまを、遥かにおぼしやりしを、御目に近くて」、つねづね話に聞いていた好景を間近くご覧になった、という記述もある。初句「目に近き山」は明らかにこれを踏まえるものであろう。(6) 謫居はときに

煙のいと近く時々立ち来るを、これや海士の塩焼く煙ならむとおぼしわたるは、おはします後の山に、柴といふものふすぶるなりけり。

ただよう柴の煙を海士の焚く藻とあやまるほどの山際にあった。

なお『源氏物語』の文脈において「海見やらるる」は可能の意であるが、一首はそれを自発と取りなす。後水尾院の聞書きをまとめた『麓木鈔』では「見やるる」について

むかしの入江殿は、物のちらりとみゆるやうなる事を、見やるゝと申されし也。よくきこえたる事也。所さだまりたる物はみゆる也。こなたからみるによりてみゆる也。ちらりとみゆるは、あなたから見えたるによりて見やるゝ也。

意図的に見るのではなく、おのずと目に入るさまだと述べてお

り、今、問題となっている歌の内容とも符合する。

ちなみに院にはもう一首、同じく須磨の巻を本説とする作品が残されており、

都にも立ちまさるらん目に近く海見やらるる春の霞は

（『後水尾院御集』一三）

鈴木氏『大系』はこれが「隠岐国御奉納二十首」の「御余分」（中院本、書陵部本注記）であることを踏まえて、「都より隠岐の霞がまさるとの賞賛」と指摘する。しかし、その背後には、流竄の後鳥羽院を光源氏に見立てる意識がはたらいていたに違いない。

4

暁雪

有明の月と見し間に松竹の分かれぬ色ぞ雪に分かるる

（『後水尾院御集』六三六）

吉沢氏『頭註』に

○有明の月とみしまに——白く見ゆるは有明の月の光なりと見しうちに。○わかれぬ色——緑色。○「あさぼらけ有明の雪と見るまでに吉野の里にふれる白雪」（古今集坂上是則）

とあるが、下句「分かれぬ色ぞ雪に分かるる」については鈴木氏『大系』の注釈が委曲をつくしている。

本歌「朝ぼらけ有明の月と見るまでに吉野の里に降れる白雪」（古今・冬・坂上是則）。○有明の月と見し間—有明の月が照っているのかと見間違っているうち。○わかれぬ色—いずれも緑色。○雪にわかるゝ—竹はしなって雪を払い落とすので、区別がつかなかった松竹も判別できる。

だが、雪はなぜ「松竹」に積もらねばならないのか。作者はもっと別な植物、たとえば杉や檜などを取りあげてもよかったはずである。数ある常磐木のなかからあえてこれらが選ばれた背景には、先行する文芸とのかかわりが想定されよう。

『源氏物語』朝顔の巻、光源氏が紫の上とともに庭の雪を眺め、冬の月をたたえるくだりに次のような文章があった。

雪のいたう降り積もりたる上に、今も散りつつ、松と竹とのけぢめをかしう見ゆる夕暮れに、人の御容貌《かたち》も光まさりて見ゆ。

「雪は積もった上になお降りかかり、松と竹との違いもおもしろく見える夕暮れ、光君の御容貌はひときわ美しく思われる」。『岷江入楚』は「松と竹とのけぢめをかしう」を

河、貞松彰(7)於歳ノ寒ニといふ心歟。松竹同也。十八公栄霜後露、一千年色雪中深。聞、松ト竹ト雪のつもり様各別也。
秘　ふかくもなき雪のさま也。

と釈すが、なかんずく「松ト竹ト雪のつもり様各別也」という注文が一句の内容を端的にあらわしている。『河海抄』の「松竹同也」は、それらがともに緑色であるの意。また「ふかくもなき雪のさま也」は、すべてを埋めつくすほど深い雪ではなく、だからこそ「つもり様各別」であることが分かるというのであろう（「聞」は三条西実枝の聞書）。後水尾院の歌はこうした『岷江入楚』の所説と重なりあうものであった(8)。

一首の大意は「有明の月かと見まがうばかりの輝きは、夜が明けてゆくにつれて雪だと分かった。積もりかたが違うので、ふだんなら同じ常緑の松と竹も、今は区別することができる」。

5

眺望山雪

目に近く山も入りくる楼の上に千里晴れたる雪のさやけさ

（『後水尾院御集』六五〇）

この歌については、すでに先行の注釈によって『和漢朗詠集』の「暁梁王の苑に入れば、雪群山に満てり。夜庾公の楼に登れば、月千里に明らかなり（暁入梁王之苑、雪満羣山。夜登庾公之楼、月明千里）」（冬・雪・三七四、謝観）を典拠とすることが指摘されている。

○めにちかく云々――楼上より眺むれば山も視界近く見ゆる楼の上にの意。○「暁入二梁王之苑一雪満二群山一、夜登二庾公之楼一月明二千里一」（和漢朗詠集）

（吉沢氏『頭註後水尾院御集』）

参考「暁入梁王之苑雪満群山　夜登庾公之楼月明千里」（和漢朗詠集・冬・雪・白賦）。○目に近く――楼上から眺めると

山も間近く見える。「秋萩の下葉につけて目に近くよそなる人の心をぞ見る」（拾遺・雑秋・女）。○千里晴れたる―千里のかなたまで晴れ渡っている。

（鈴木氏『和歌文学大系　後水尾院御集』）

問題はそれよりもむしろ、初二句のあまりに奇抜な発想にあろう。むろん『大系』が述べているように「目に近し」という言いまわしは早く三代集のうちに見え、以後も少なからぬ歌人たちに踏襲されてきた。

春はただ霞みて続く色のみや見る目に近き波の遠島
（下冷泉政為『碧玉集』三四）

ひととほり夕日に晴れて目に近き山より高き遠方の川水
（三条西実隆『雪玉集』一四二二）

富士の嶺のならぬ思ひも目に近く雪より煙る小野の炭窯
（木下長嘯子『挙白集』一一九五）

都にも立ちまさるらん目に近く海見やらるる春の霞は
（『後水尾院御集』一三）

目に近き山だにあるをいかにまた海見やらるる月は住むらん
（同五〇三）

はじめに引く政為歌は「一面に霞む風景のなかでは、遠くの島も近く見える」とうたったもの。『雪玉集』は目の前にある「山」と「遠方の川水」を対比する。三首目は「相手がすぐそばにいれば、たとえかなわぬ恋であっても身を焦がす」の意か。

しかしながら「目に近く山も入りくる」という表現は、やはり類例と一線を劃すものであろう。単に「山がすぐそばに見える」というのではなく、視覚的に近づいてくるさまを院はうたおうとした。対象との距離感は目の前で変化し、動きのなかでとらえられる。そのような描写はいったい何を手がかりとして生まれてきたのか。

たとえば『和漢朗詠集』には次のような詩が収められている。[9]

氷消見水多於地　　氷消えて水を見れば地よりも多く、
雪霽望山盡入楼　　雪霽れて山を望めば尽く楼に入る。
（冬・氷付春氷・三八七、白居易）

「雪が晴れたので、山がことごとく楼に入ってくるかのようだ」という後句こそ、御製第二の典拠ではあるまいか。

北村季吟の注には「下ノ句ハ、雪ゲノ雲ハレテ山ヲ見レバ近ク見ユルヲ、楼ニ入ルヤウニオボユト云ナリ」（『和漢朗詠集註』）

と解説する。漢詩文の世界では古くから「雨ヤミ雲ハレヌレバ山ノ色近ク見ユル」（同）と考えられ、『朗詠集』にも「晴れの後の青山は牖に臨んで近し（晴後青山臨牖近）」（山家・五六一、都良香）とあった。後水尾院はこうした知識を踏まえて「千里の彼方まで晴れた雪の朝、楼から眺めていると、山が目の前に飛びこんでくるほど間近く見える」とうたったのである。(10)

6

松有歓声

松に吹くも和らぐ国の風なれや安く楽しむ声に通ひて
風吹けば空に知られぬ白雪の律《りち》にしらぶる松の声かな

（『後水尾院御集』八八八、八八九）

一首目は『毛詩』大序「治世の音は安くして以て楽しむ。其の政和らげばなり。乱世の音は怨みて以て怒る。其の政乖《そむ》けばなり。亡国の音は哀しみて以て思ふ。其の民困しめばなり（治世之音安以樂。其政和。亂世之音怨以怒。其政乖。亡國之音哀以思。其民困）」に拠る。「松風も安くして、もって楽しむがごとき音を立てるのは、太平の世だからだ」と当今（後光明天皇）の治績をたたえたものであろう。「和らぐ国の風」については、「やがて和歌の意なり」（吉沢氏『頭註』）、「「和国」の訓。和歌」（鈴木氏『大系』）といった指摘もあるが、まずは天下静謐のありさまと解しておきたい。

また、二首目についてはつとに貫之歌との関係が指摘されている。

○空にしられぬ――「桜ちる木下風は寒からで空にしられぬ雪ぞ降りける」（拾遺集貫之）の意を思ひ合すべし。○りちにしらぶる――律に調ぶる。調子を合すの意。

（吉沢氏『頭註後水尾院御集』）

本歌「桜散る木の下風は寒からで空に知られぬ雪ぞ降りける」（拾遺・春・紀貫之）。○上句―風が吹くと空には知られていない雪、つまり雪のように白い花が降るかのごとく散る。○律にしらぶる―律の調子に合わせる。

（鈴木氏『和歌文学大系　後水尾院御集』）

なるほど「空に知られぬ白雪」は、たしかに古人の作を踏まえた措辞であった。だが「松の声」が律に調子を合わせるとき、なぜ白雪が降らねばならないのか。

和歌の世界には松吹く風を琴にたとえる伝統がある。「琴の音に峰の松風通ふらしいづれの緒よりしらべそめけむ」（『拾遺集』雑上・四五一、斎宮女御）。もともと「松風夜琴に入る（松風入夜琴）」（『李嶠百二十詠』「風」）のように漢詩文から移入された表現だが、後水尾院詠はこれを琴の古曲「白雪」と組みあわせて一首を仕立てたものらしい。

すなわち宋玉「楚王の問ひに対ふ」に「其の陽春白雪を為すや、国中属して和する者数十人に過ぎず（其爲陽春白雪、國中屬而和者不過數十人）」と見え（『文選』巻四十五所収）、李周翰注に「陽春、白雪は高曲の名なり（陽春、白雪高曲名也）」とする。また嵆康「琴賦」には「乃ち正声を理《をさ》め、妙曲を奏す。白雪を揚げ、清角を発す（乃理正聲、奏妙曲。揚白雪、發清角）」とあり（『文選』巻十八所収）、そのほか漢籍の例は数多い。しかし、もっとも重要なのは『新撰朗詠集』に収められた

秦爵琴聲調白雪　　秦爵の琴の声は白雪を調べ、
呉人剣色掛秋霜　　呉人の剣の色は秋霜を掛く。
（松・三九七、藤原明衡）

であろう。句題「夜月寒松を照らす」による詩の一節で、「さえざえとした月光のもと、松風はあたかも白雪の曲を奏でるかのようだ」の意。「秦爵」は秦の始皇帝の故事（『史記』秦始皇本紀）を踏まえる。[11]

「松の声」を白雪の曲にたとえる発想が、院の和歌と共通することはあらためて言うまでもない。また「白雪を調ぶ」という表現は、「白雪の律にしらぶる」に通うものであろう。「風吹けば」の一首は明衡詩を強く意識しながら詠まれたに違いない。

なお鈴木氏『大系』は上句を「雪のように白い花が降るかのごとく散る」と解するが、管見はいささか異なる。たとえば『匠材集』に「りちのしらべ　秋冬の調子也。律、秋、呂は春也」とあるとおり、古来律は秋の調べとされ、ほかならず『後水尾院御集』にも

松風も律にや通ふ夏知らぬ月ぞまことの霜の色なる
（『後水尾院御集』一二三一）

「月光が霜のように輝く夜の涼しさは、夏とは思えないほど。松風も律で吹くのだろうか」とうたわれていた。「空に知られぬ白雪」は目に見えない雪、すなわち白雪の曲を指すと考えるのが穏当ではないか。中院本、書陵部本『御集』の注記によれば、この歌は承応元年十月八日（一六五二年）の詠。あえて「律にしらぶ

る」とした背景には季の問題があったのだろう。

一首を通釈すれば以下のとおり。「風が吹くと、松の枝が琴のような音色を立て、目には見えない白雪の曲が空に響く。ああ、それは律の調子で奏でられる秋の音楽だ」。

7

鶴伴仙齢

万代をみつの島なる葦田鶴のここにも通ふ道は隔てじ

（『後水尾院御集』八九五）

「葦田鶴」は葦のなかの鶴。後水尾院の講釈を書きとめた『古今集聞書』巻上に「連歌にはあしたづ、あし鴨、蘆に心なし。植物に不嫌。歌にはそのあしらいある也」。

さて吉沢氏、鈴木氏の注は、ともに第二句を「御津」「見つ」の掛詞と指摘している。

○三の島――三に見つの意かゝれり。三の島は固有名詞にあらず。三は御津の意なるべし。○あしたづ――田鶴と同じ、鶴は葦の生ぜる水辺に多く降り居るよりいふ。

（吉沢氏『頭註後水尾院御集』）

○みつの島─御津の島。難波国の歌枕。景物「葦」。「万代を見つ」との掛詞。○あしたづ─葦田鶴。「みつの島なる葦」との掛詞。「あしたづのたてる河辺を吹く風によせてかへらぬ浪かとぞ見る」（古今・雑上・紀貫之）。

（鈴木氏『和歌文学大系　後水尾院御集』）

細かくいえば『頭註』は一般名詞、『大系』は固有名詞という違いはあるものの、はたしてそのような理解は正しいのか。「みつの島」に鶴を結びつけて詠んだ例は

小黒崎みつの小島にあさりする田鶴ぞ鳴くなる波立つらしも

（『宝治百首』三三九八、後嵯峨院）

心ありて鳴くにはあらじ小黒崎みつの小島の田鶴の諸声

（『宝治百首』三四三五、弁内侍）

の二首しかなく、内容的にも「仙齢」をことほぐ後水尾院歌とは隔たりがある。また、そもそも小黒崎は陸奥の歌枕（『歌枕名寄』巻二十八）で難波の御津とは関係ない。

むしろこれは何らかの典拠を踏まえた表現と考えるのが自然であろう。中国では古くから東海に蓬萊、方丈、瀛洲の三島があ

り、神仙の住む地とされてきた。すなわち『史記』封禅書に以下のごとくいう。

威、宣、燕昭より人をして海に入り蓬萊、方丈、瀛洲を求めしむ。此の三神山は、其の伝に勃海中に在り。人を去ること遠からず。且つ至らんとすれば則ち船風引して去るを患ふ。蓋し嘗て至る者有り。諸仙人及び不死の薬皆な焉に在り。其の物禽獣尽く白くして黄金銀をもつて宮闕を為る。未だ至らずして之を望むに雲の如し。到るに及んで三神山反つて水下に居り。之に臨むに風輒ち引き去る。終に能く至る莫しと云ふ。

(自威、宣、燕昭使人入海求蓬萊、方丈、瀛洲。此三神山者、其傅在勃海中。去人不遠。患且至則船風引而去。蓋嘗有至者。諸仙人及不死之藥皆在焉。其物禽獸盡白而黃金銀爲宮闕。未至望之如雲。及到三神山反居水下。臨之風輒引去。終莫能至云。)

「斉の威王、宣王、燕の昭王らは、人をつかわして蓬萊、方丈、瀛洲を探させた。三神山は渤海にあると伝え、人間の世界からさほど離れていないが、船が近づくと逆風が吹き、引き返さざるをえない」。これを「三島」と称することは、たとえば『韻府群玉』上声・十五潸に

三島　蓬萊、方丈、瀛洲は三島なり。

（蓬萊、方丈、瀛洲――。）

と見え、そのほか『錦繍段』に「十洲三島経行する処（十洲三島經行處）」（蕭服之「遊仙枕」）、石川丈山に「水匯《めぐ》りて三島に連る（水匯連三島）」（「遺愛の石に題す」、『新編覆醤集』巻一所収）、林鵞峰に「池中三島有り。蓬萊瀛洲方丈を咫尺に縮するが如し（池中有三島。如縮蓬萊瀛洲方丈於咫尺）」（「江風山月楼記」、『鵞峰先生林学士文集』巻六所収）の句があって、近世人にとっておよそ常識に属する事柄であったらしい。

さらに、和文の世界には「三つの島」という言いまわしもあった。「此原昔は海の上にうかびて、蓬萊の三の島のごとくにありけるによりて」（『東関紀行』）、「天海万里ノ波濤ヲ凌グニ、アハイ七万里ヲ隔テ、、蓬萊方丈瀛州ノ三ノ島アリ」（『太平記』巻三十七）。詠歌には例が乏しいが、藤原隆房『朗詠百首』に

三つの島雲路はるかに分けたれば思ひ思ひにかくる白波

（『朗詠百首』四四）

とあるのは「三壷に雲浮ぶ、七万里の程浪を分つ（三壺雲浮、七万里之程分浪）」（『和漢朗詠集』仙家・五四三、都良香）を踏まえるものであって、明らかに三島を指すであろう。俳諧では北村季吟に次の発句がある。

泉水やさらに仙家とみつの島

（『続境海草』四八六）

前書きは「御門主下屋敷にて」。「お屋敷の泉水はあたかも三島の仙家のようだと拝見しました」の意か。

今、案ずるに、先ほどの後水尾院詠もまた右に引いたいくつかの例と同様に解すべきではないか。とりわけ歌題との対応を考えた場合、「葦田鶴」が「鶴」の、「齢」が「万代」の言いかえであるように、「みつの島」は「仙」をあらわす可能性が高い。御津説の成りたちがたい所以である。

一首を通釈すれば、「仙人が住み、万代の齢を経るという三島の鶴よ、ここにやって来ておくれ。邪魔したりしないから」。蓬莱、方丈、瀛洲には「不死の薬」があるとされているため、それにことよせて長寿を祈ったのであろう。

8

寄国祝

たがへすをはぶく春にぞあらはるる民やす国のもとつ心は

（『後水尾院御集』一〇〇六）

「たがへす」は『私用抄』『塵芥』『和訓押韻』『漢和三五韻』などに「耕」の和訓として挙がる語。『日葡辞書』に「田を耕す，あるいは，掘り返す」。「民やす国」は「民安し」と「安国」の掛詞であろう。後者の例は『新明題集』に「我が君が世は安国に生れあふ身をうれしとや民も思はん」（四五四五、中院通村）とあった。「もとつ心」は「もとの心」、すなわち素志の意か。

吉沢氏、鈴木氏の注釈は次のように述べている。

○民やす国——民の安らかに治まれる国。

（吉沢氏『頭註後水尾院御集』）

○田がへす—耕す。田畑を掘り返す。○はぶく—簡略にする。質素にする。○民やす国—民が安らかに治まる国。

（鈴木氏『和歌文学大系　後水尾院御集』）

ともに典拠に関する指摘はないが、初二句はおそらく『孟子』梁恵王下篇に基づく。[12]

天子諸侯に適《ゆ》くを巡狩と曰ふ。巡狩は守る所を巡るなり。諸侯天子に朝するを述職と曰ふ。述職は職《つかさど》る所を述ぶるなり。事に非ざる者無し。春は耕を省して足らざるを補ひ、秋は斂を省して給《た》らざるを助く。
（天子適諸侯曰巡狩。巡狩者巡所守也。諸侯朝於天子曰述職。述職者述所職也。無非事者。春省耕而補不足、秋省斂而助不給。）

孟子が晏嬰の語を引いて、君民楽しみを同じうする理想の世を論じた一節である（告子下篇にもほぼ同文が見えた）。「天子の巡狩、諸侯の述職は、政治上のつとめとして各地を遊覧するものであり、春には耕作の、秋には収穫の様子を見て不足を補う」。「春省耕」を和語に改めれば「たがへすをはぶく春」となるだろう。

晏子はさらにつづけて、「王が休めば民も休み、王が楽しめば民も楽しむ。いにしえの君主の遊びは、そのようなものであった。今では天命にそむいて民を虐げ、酒食の快をほしいままにして、狩猟をくりかえし、飽きることがない。人々は目をそばめて非難し、恨みを抱いている」と述べる。楽しみを天下とともにし、憂えを天下とともにする先王の道は、「民やす国のもとつ心」に相当しよう。

ただし『孟子』にいう「省」は「見る」の謂いである。たとえば正義に「春は則ち民の耕を省察す（春則省察民之耕）」、朱注に「省、視なり（省、視也）」とあり、日本では清原宣賢『孟子抄』が「省ハ視也。春ハ耕作スルヲ見テ事ノ足ラザル者ヲ補テ農業ヲ勤メサスル也」と説く。いずれも「耕作を視察する」のであって「省略する」ではない。訓読についても、確実にハブクとした例は管見に入らなかった。

この点において、後水尾院詠の「たがへすをはぶく」という言いまわしはいささか不審である。残念ながら稿者は今、問題を解決するだけの材料を持たないが、表現の類似からして典拠が『孟子』であることは疑いえないと思う。ひとまずは「はぶく」を「見る」の意に用いたと考えておきたい。[13]かりに一首の内容を現代語に置きかえるならば、「春になると耕作の様子を視察する。そうした行動のなかに、民を安んじようとする君王の素志があらわれている」。

9

田家

思へ世は玉敷くとても秋の田の仮庵ならぬ宿りやはある

（『後水尾院御集』一一六一）

「たとえ玉を敷きつめた宮殿であろうと、この世のなかにかりそめならぬ住まいがあろうか。すべては秋の田の仮庵のようなものだ」という述懐である。

「玉敷く」は内裏、宮中を念頭に置いた表現であるらしい。たとえば『藻塩草』禁中部には「雲井の庭、玉敷の庭」と列挙され、「玉を敷く御前の庭の春も今日うつりましてぞ光添ひける」（烏丸光広『黄葉集』二三〇「仙洞造りみがかれて移りおはしましけるに」）のような例があった。

また「仮庵」については、後水尾院『百人一首抄』が宗祇の注を引いて

祇注云、カリホノ庵トハ、一説ハ苅穂ノ庵、一説カリ庵ノ庵也。（中略）但、猶カリ庵ノ庵、宜カルベキニヤ。

「「かりほ」は苅庵とも、仮庵ともいうが、後者がよい」としるす。実際の作歌にあたっても「宜カルベキ」説にしたがったものと考えるのが自然であろう。

さて、一首について先行の注釈には

○玉しくとても——玉をしき美しく飾るともなり。○かり庵——秋田を守る為めに仮に造れる家。

（吉沢氏『頭註後水尾院御集』）

考えてごらん。この世では、たとえ玉を敷いたように美しい家を構えたとしても、秋の田にある仮庵ではない家などあるだろうか。ありはしないだろう。

玉敷の庭も仮庵も所詮は同じだとの思い。

（久保田氏『新編日本古典文学全集　近世和歌集』）

（上略）○玉しくとても—玉を敷いて家を美しく飾ったとしても。○仮庵—秋田を守るため仮に造った家。▽この世に生きていること自体、仮りの宿に住んでいるようなもの。そういう意味では、仮庵も玉敷の庭も同じ。「玉敷の庭」は宮中の庭の意。

（鈴木氏『和歌文学大系　後水尾院御集』）

と見え、典拠としては久保田氏『新編全集』、鈴木氏『大系』が天智天皇「秋の田のかりほの庵の苫を荒み我が衣手は露に濡れつつ」(『後撰集』秋中・三〇二)を挙げるにとどまっていた。

しかし、宮殿と粗末な庵をともに仮の住処と見なす発想は、

世の中はとてもかくても同じこと宮も藁屋も果てしなければ
(『新古今集』雑下・一八五一、蝉丸)

を踏まえるに違いない。「宮殿であろうが、あばらやであろうがけっきょくは同じこと。この世に永遠ということはありえないのだから」。後水尾院のころには「新古今は大概おぼえてよき歌也」(『麓木鈔』)、すでに『新古今』も学ぶべき歌道の古典となっていた。当然、蝉丸詠についても熟知するところであったろう。

なお、同じ歌が『和漢朗詠集』にもよみ人知らずとして収められているので(述懐・七六四)、参考までに季吟の注を紹介しておく。「あだなるしばしのかりの世は、富貴にてあるも、貧賤なるも同じ事なり。宮殿も茅屋も終にあり果る習ひならねば、とのこゝろなり」(『和漢朗詠集註』)。

10

庭春雨

春の夜の真砂地しめる沓の音に音なき雨を庭に聞くかな
(『後水尾院御集』一一七五)

吉沢氏『頭註』に「〇真砂地――真は接頭語。砂地」、また鈴木氏『大系』に

〇真砂地―砂でできた道。「真」は美称。「唐崎やかすかに見ゆる真砂地にまがふ色なき一もとの待つ」(風雅・雑中・藤原為子)

とする。ただし「真砂地」については『後水尾院御集』に「浦月」題で

波かくる真砂地遠く影更けて浦風白き住の江の月
(『後水尾院御集』四七〇)

のような例があるから、かならずしも「道」にかぎらないだろ

う。「まさごぢ　路に非ず。真砂地なり」（『匠材集』巻三）。
沓音を詠む歌はめずらしい。先行例としては、かろうじて

後朝の庭の真砂を踏む沓も音を立てじとくだく心ぞ
（正徹『草根集』六五八九「別恋」）

さしてその仕ふる人の沓の音も聞き知る月の夜な夜なの影
（後柏原院『柏玉集』八六八「禁中月」）

沓の音は真砂の月になほ冴えて庭に雪ふむ雲の上人
（中院通村『後十輪院内府集』）

を見出しうる程度であった。

一首目は「後朝のあしたには、又寝の夢を覚まさぬよう、砂の上を行く沓の音にさえ心をくばる」の意か。後柏原院詠は『漢書』鄭崇伝に基づく。鄭崇はいつも革の履きものを引きずるようにして歩いていたため、哀帝が親しみを込めて「我鄭尚書の履声を識る（我識鄭尚書履聲）」とからかった。その故事を踏まえて「月明かりのなか、宮中へやってくる人の沓音をはっきり聞きわける」と人君の心をあらわしたのである。『後十輪内府集』歌は「月影に照らされた真砂は霜のごとく、さらに雪まで積もっていて、殿上人の沓音はいっそう冴々とする」とうたったもの。

このうち正徹、通村は『和漢朗詠集』に収められた

朝候日高冠額抜　朝候日高《た》けて冠の額抜けぬ、
夜行沙厚履聲忙　夜行沙厚くして履《くつ》の声忙《いそがは》し。
（『和漢朗詠集』禁中・五二五）

から何らかの影響を受けたと思しい。「朝、日が高くなってからあわてて出仕しようとして、額から冠が落ちてしまう。夜、禁中に来る人の沓音は、厚く敷きつめられた砂のせいでせわしなく聞こえる」。古注釈に「砂ナドアツク置ケル処ヲ、夜行ケバ、クツノ音サヘ、イソガハシ様ニ聞ル也」（『和漢朗詠集仮名注』）とあるように、砂利の上を歩くと足音はひときわ高く響く。「沓」と「真砂地」を結びつける発想は、決して歌人の独創ではなく、古典のなかから導かれたのである。

後水尾院の歌は右に引いた『和漢朗詠集』の詩句を踏まえつつ、それを逆転するかたちで詠まれたものに違いない。すなわち、「いつもなら大きく忙しげに響く沓の音が、今夜にかぎってかすかなのは、真砂が湿っているのだろう。気づかないうちに春雨が降っていたのだ」。

なお『和漢朗詠集』の「夜行」について、中世末期には「夜ル

参ル人」（書陵部本『朗詠抄』）、「夜ル参内ノ人」（『和漢朗詠集仮名注』）とするのが一般的であったが、近世に入ると「近衛司ノ夜行」（北村季吟『和漢朗詠集註』）という解釈があらわれる。禁中では毎晩近衛、兵衛、衛門府の官人が夜の見まわりを行い、「大庭」（紫宸殿の前庭）は衛門府の担当とされた（『侍中群要』夜行事）。「庭春雨」という題からすれば、院の歌もそのような情景をうたったものと考えるべきかもしれない。

11

『麓木鈔』には次のような言葉が残されている。

　歌は、すなほにて、よきやうなるもよけれども、それよりは少《すこし》をとるとも、珍敷《めづらしき》がよき也。是、今の世の心得の第一也。

「正風体も悪くはない。しかし、出来は多少おとるにしろ、今の世にあっては第一にめずらしさを心がけよ」。後水尾院にとって、当代性は素直さや上品さを乗りこえたところにあった。たとえば先に取りあげた

　春の夜の真砂地しめる沓の音に音なき雨を庭に聞くかな

がそうであるように、何よりもまず新鮮で、目あたらしくなくてはならない。沓音によって「音なき雨を庭に聞く」という発想は、あきらかに人の意表をつこうとする試みであろう。今までにないものを求める心が一首を生みだしたのだった。

　われわれを驚かせるのは、こうした作品がたいていの場合、しかるべき本説を踏まえているという事実である。だが、独創にたよるのではなく、『和漢朗詠集』を学ぶことで「珍敷」詠みなそうとする姿勢は、やはり近世的な性格を持つと言えるのではないか。時代はすでに古典主義の端正さだけでは満足できなくなっていた。しかし、個人の霊感と天才をとうとぶ文学観はいまだ到来しない。十七世紀においては、前衛すら伝統に根ざす必要があった。

　奇抜さが典拠を持つあたりに「今の世」の現実がある。先行文芸とのかかわりを抜きにして、院の新しさを見きわめること不可能であろう。まして

　思へ世は玉敷くとても秋の田の仮庵ならぬ宿りやはある

のように「すなほにて、よきやうなる」詠みぶりが古歌を意識するのはごく自然なりゆきであった[14]。注釈と考証は『後水尾院御集』の全体にわたって、不断に続けられねばならない。それなく

して作者の「心」を知ることはできないのだから。(15)

〈注〉

(1) 同書例言によれば、実際に注釈を担当したのは荒瀬邦介、沢瀉久孝の両氏。

(2)「御着到百首」のみの抄注。

(3) 以下『後水尾院御集』の諸本および本文中の注記に関しては、日下幸男氏『後水尾院の研究』(勉誠出版、二〇一七年)に収められた翻刻を参照した。

(4) 朱子学派では程頤以来、「親は当に新に作るべし(親當作新)」(『大学章句』)という立場をとるため、「親民」は「新民」の意として解釈される。

(5) この歌が『論語』を踏まえ「時間によるうつろい、という避けがたい運命に対する嘆きが、一首の全体にそっと響きわたる」ことについては、上野洋三氏『近世宮廷の和歌訓練――『万治御点』を読む――』(臨川書店、一九九九年)に指摘がある。ただし、そのような解釈が旧注に拠ることは言及されていない。

(6)「御目に近く」の典拠については某氏の示教による。記して特に学恩を謝す。

(7)「彰」字はもと「影」につくるが『河海抄』によって改めた。

(8)『麓木鈔』に末摘花巻の「ありし心ばをさながら」という文を引いて「岷江入楚に、心ばへ也」とした条がある。同書は後水尾院にとってもっとも身近な『源氏』注釈のひとつだったのだろう。

(9)「早春思黯の南荘に遊ばんことを憶ひ因つて長句を寄す」(『白氏文集』巻六十七所収)からの摘句。

(10) 漢詩文におけるこのような表現の類型が和文作品に与えた影響については、大谷雅夫氏「「からごころ」の文学――『枕草子』を読み直す――」(『図書』七六〇、二〇一二年六月)、「椎本巻「山の端近きここちするに」考」(『文学』一六―一、二〇一五年一月)などにくわしい。

(11) この句の解釈については、柳沢良一氏『新撰朗詠集全注釈』(新典社、二〇一一年)及び『和歌文学大系 和漢朗詠集/新撰朗詠集』(明治書院、二〇一一年)に収められた同氏の注を参照した。

(12) 各種年譜によれば、後水尾院は慶長十二年(一六〇七年)、慶安三年(一六五〇年)、同四年、万治元年(一六五八年)に『孟子』の進講を受けている。

(13) ただし、そのような「はぶく」の例を見出すことはできなかった。そもそも和歌に用いられることがまれな語であり、『霊元法皇御集』に「さしも世のことを省ける住まひにも耐へぬ夕べや蚊遣り焚くらし」(二四九)がある程度。ただし、これも漢語「省事」の和らげであって、見るの意ではない。

(14) たとえば

おのづから染めぬ梢も埋もれて紅葉に漏るる松の葉もなし

(『後水尾院御集』五六六)

は『和漢朗詠集』の「外物の独り醒めたるは松澗の色(外物獨醒松澗色)」(秋・紅葉・三〇四、大江以言)を、

更けわたる浦風清く月冴えて真砂に消ゆる霜の白鶴

(同六七一)

は同じく「岸白うしては還つて迷ふ松上の鶴(岸白還迷松上鶴)」(秋・十五夜付月・二四七、菅原淳茂)を踏まえようが、こうした「すなほにて、よきやうなる」表現が、「沓の音に音なき雨を庭に聞くかな」と同じ書物から生まれてくるところに、後水尾院の古典観がよくあらわれている。

(15) この研究はJSPS科研費17H02309の助成による。

(なかむらたけし・神戸学院大学人文学部准教授)

『国語国文』第九十巻第五号（令和三年五月刊）

堀辰雄と中国閨秀文学
――佐藤春夫『車塵集』との関わりから――

劉　娟

一　まえがき

堀辰雄（明治三七年一二月～昭和二八年五月　以下堀と称する）における中国古典の受容は、ほとんど公にされることがなかった。というのは、彼の作品では「一琴一硯の品」（後に「我思古人」に改題　昭和一六年一一月『甲鳥』）というエッセイ以外には、中国関係のものについての叙述は全く見当たらないからである。しかし、堀自身の寡黙とは裏腹に、堀の身辺の人たちは、彼が晩年になってから示した中国古典を猛勉強するような姿勢についてしばしば語っている。[1]それらの証言を裏付けるように、堀の蔵書の中には実に目を見張るほどの中国関係のものが残されている（一四〇点余り　堀辰雄文学記念館蔵）。さらに、それらの書籍類の受容の結果として、多くの蔵書メモの他、以下の五つの中国古典ノート（漢詩の書込みや翻訳、学習的な摘記メモ等がある）が見られる。

①「支那古詩㈠」　②「支那古詩㈡」

③「（杜甫訳詩）」　④「（支那古詩抄）」

⑤「（花の話・詩経）」

注：『堀辰雄全集　第七巻（下）』〈筑摩書房　昭和五五年六月〉を参照。①～⑤の番号は本稿の説明便宜上附したものである。

上記のノートをめぐって、先行研究ではノートの内容の把握を徹底しないまま、堀におけるノートを始めとした中国古典の受容が、単なるディレッタンティズム的な、晩年の心境を託すものだと片づける傾向がある。[2]

しかし、堀のノート類では、昭和二十五年の秋頃に、「不要の物は全部庭先きで焼」かれ、「元気になって仕事が出来る日のために」（堀多恵子「ふるい日記より」・『みどり』昭和三四年四月）役立ちそうなもののみ残された。そのような意味では、これらの断簡零墨についての解析は、堀晩年の創作営為を理解するための重要な手段にもなると思われる。「無駄なものを読まない」（吉田精一「堀辰雄の文学とその時代」・『国文学』昭和三八年七月）作家として世に知られる堀は、晩年になってから急に「めざましい勢いで唐本仕立ての漢籍類」（神西清「高原の人」・『新女苑』昭和二五年一二月）を繙き、中国古典のノート類を最後まで大切に収めた。そのことは、堀の作家としての野心を物語っているのではないかと思われる。つまり、堀は中国古典という新しい領域を拓くことによって、作家としての一つの大きな羽ばたきを果たそうとしたと想定される。

以上のようなことを踏まえ、筆者は堀の中国古典受容はディレッタンティズムではなく、堀の文学営為の重要な一角であると考えている。それを証する一環として、上掲のノート⑤における『詩経』の学習は、未完成小説「（出帆）」への下準備であることを論じた（拙論「堀辰雄における『万葉小説』への憧憬」・『文学史研究』令和二年三月）。

よって、本稿はノート⑤に継いで、更にノート④（小村定吉訳『邦訳支那古詩　漢魏六朝篇』（昭和一六年七月　昭森社）にある漢詩原詩の書込みと、「李易安詞抄」という二つの部分から構成される。）にある「李易安詞抄」（以下「詞抄」と称する）の考察を試み、堀文学との接点に立ち戻りながら、ノートを中心とした堀の中国閨秀文学受容の真相に迫っていく。

「詞抄」についての先行研究は、「堀辰雄と李清照」（岡本文子『和洋国文研究』昭和六三年三月）という論考が見られるのみである。岡本文子論では、ノートの内容を分析し、「李清照の詞が、堀の裡に在る、既に自明の古典文学の範疇に属するものとして認識され、受容された」といった有意義な論述が見られる。しかし、氏はノートに対する本文の校異や意味の把握に徹してはおらず、さらに原典を特定しないまま論を進めている。そのため、ノートの成立年代や李詞受容の意味をめぐる一連の論考の妥当性は再検討される必要がある。また、氏は堀の中国閨秀文学の受容に対する全体的把握を抜きに、「詞抄」という小冊子の考察のみによって、堀の「中国古典親炙の現象は、結果的にモチーフの渉猟ではなく、」「晩年のディレッタンタ《ママ》イズムの具現と見なされるべき一面のあることは否定し難いものである」という結論に結び付けていることも、首肯しがたい。

先行研究に基づき、さらにノート自体に止まらず、堀における中国閨秀文学への関心に立ち戻り、ノートの校異や意味把握を徹し、原典を見出した上での論究が急務である。よって、本稿は佐藤春夫の中国歴朝名媛詩鈔『車塵集』（昭和四年九月　武蔵野書院）の影響を新たに視野に入れ、堀の手沢本に残されている蔵書メモなどへの考察を加え、「詞抄」を中心とした中国閨秀文学の受容を明瞭にする。その上で、堀の中国閨秀文学へのアプローチは、堀の作家的営為とつながり得るかどうか。さらに、その営為自体は、堀文学においていかに位置づけられるべきか、堀文学の解釈上にいかなるヒントになるかを探っていく。

二　「李易安詞抄」

1、出典と成立時期

(1)　原典

「詞抄」は大判ノートの断片を利用して小判の冊子として作られたものである。ノートは横長に用いて墨と朱墨で縦書きされている。内容は李易安（以下李と称する）の詞（詞は唐の末頃から宋にかけて盛行した歌謡曲の歌詞を指し、本稿では「詩」と区別して使う。）五篇（一～五頁）と「詞源　毛奇齢」関係の断片のメモ（七頁）からなる。李は、名が清照だが、陶淵明の「審容膝之易安」（「帰去来兮辞」）から自ら易安居士という雅号をつけた。彼女は、「繊細な表現と悽惨な感情をもって」（山田勝久「李清照の伝記と詞」・『中国文学の世界　第5集』昭和五六年五月　笠間書院）中国宋代の詞壇を独歩し、閨秀詩人の第一人者とも言える。堀がノートに記した李詞は以下のようなものである（『堀辰雄全集　第七巻（下）』昭和五五年六月　筑摩書房）。

「如夢令」
昨夜雨疎風驟
濃睡不消殘酒
試問捲簾人
卻道海棠依舊
知否
知否
應是綠肥紅瘦

「一翦梅」
紅藕香殘玉簟秋
輕解羅裳
獨上蘭舟
雲中誰寄錦書來
雁字囘時
月滿西樓

花自飄零水自流
一種相思
兩處閒愁
此情無計可消除　このおもひは消すすべもなく
才下眉頭　わづかに眉頭より下るとみれば
却上心頭　いつかまた心頭に上るなれ

「醉花陰」
薄霧濃雲愁永晝
瑞腦銷金獸
佳節又重陽
玉枕秋厨
半夜涼初透

東籬把酒黄昏後　たそがれののち東の籬に酒をとれば
有暗香盈袖　くらがりの香は袖にみちきぬ
莫道不消魂　魂消えじといふなかれ
簾捲西風　秋風の捲く簾のうちに
人比黄花瘦　人は黄菊のごとに瘦せぬ

「聲聲慢」
尋尋覓覓
冷冷清清
悽悽慘慘切切
乍暖還寒
時候最難將息
三杯兩盞談酒
怎敵他晚來風急
雁過也
正傷心却是
舊時相識

滿地黄花堆積
憔悴損
如今有誰堪摘
守著窗兒　窓のべを立ち去らず
獨自怎生得黑　ひとりしていかで夜を待ち得んとおもひゐ
　たるに
梧桐更兼細雨　梧桐に細雨ふりかかり
到黄昏　黄昏となるにつれ

點點滴滴　ぽたりぽたりと滴しそめぬ

這次第　このうつりゆきはいかにぞ

怎一箇愁字了得　一個の「愁」の字もてあらはし得ん

「武陵春」

風住塵香花已盡
日晩倦𢮏頭
物是人非事事休
欲語涙先流

聞説雙溪春尙好
也擬汎輕舟
只恐雙溪舴艋舟
載不動許多愁

＊注　文字囲みや傍線は引用者による。

五篇の詞はいずれも李の代表的な作である。全集で、翻刻ミスだと考えられる箇所がいくつかある（文字囲み）。まず、それらを指摘する。「瓢」は「飄」に、「晝」は「晝」に、「秋」は「紗」に、「談」は「淡」に、「𢮏」は「梳」に改める必要がある。前述の岡本論は、本文の校異を行わないまま、さらに「依舊」を「衣舊」に誤写したようである。

その上、以上の五篇の詞の原典に関しては、岡本論では、「前掲の神西清や中里恒子による目撃談より「名媛詩詞」を典拠に、また親炙の時期を戦後と推定して、蔵書目録中戦後出版の「支那歴朝閨秀詩人」（昭和22）、または「歴代中国詩選」（昭和23）あたりを典拠にしたのではないかと推定される」と述べるに止まり、テキストを特定しないままである。

堀蔵書目録にある詩歌集の類では、この五篇の詞を一緒に収録したものは見当たらない。しかし、文学史関係の書である鈴木虎雄著『支那文学研究』（昭和二年　弘文堂書房）にある「第二巻　詞曲類」の第二章「女詞人李易安」（四七九～四九〇頁）では、以上の五篇の詞の原詩及び日本語訳文が見られる。配列順序は全くそのままになっているが、堀は日本語訳をそのまま写さず、少し変えてノートに記入している。[3] 五篇の詞に続く「詞源　毛奇齢」関係のメモも、『支那文学研究』の「第二巻　詞曲類」にある第一章「詞源」（四五九～四七八頁）から摘記した内容である。ただし、「酔花陰」と「聲聲慢」との二篇の詞については原典とは二箇所ずつの本文の違い（二重傍線部の四箇所は、鈴木本では「瑞腦消金獸」、「半夜涼初透」、「悽悽慘慘戚戚」、「怎一個愁字了得」、とある）があるほか、行替えの相違が二箇所ある（傍線部の二箇所は、鈴木本では「憔悴損如今／有誰堪摘」、「到黄昏點點滴滴／這次第」とある）。原詩文の相違に関しては、「酔花陰」と「聲聲慢」を収録する堀蔵書のうち、中田勇次郎訳『詞選』（昭和一七年一二月　弘文堂書房）では「瑞脳銷金獣」、「半夜涼初透」、「悽悽惨惨切切戚戚」、「怎一箇愁字了得」とあり、ノートの方と一致する。さらに、二箇所の行替えもこの『詞選』の方に従っている。『詞選』の「李清照小伝」では、「鈴木虎雄博士著支那文学研究に女詞人李易安の一文あり」とある。堀はそれをヒントに、両者を照らし合わせて李詞を読んだのだろう。

以上、堀は『支那文学研究』を中心に、『詞選』を部分的に参照して「詞抄」を記したことが分かった。

(2)　成立時期ときっかけ

「詞抄」の成立年代について、先行研究では、「昭和二十年以降の堀の晩年期」であると主張する。その根拠としては、堀が身辺の人（堀多恵子・神西清・中里恒子）に李詞（或いは李詞を収録している書籍）について語った時期はいずれも昭和二十三・四年頃に集中していることと、李詞を収める蔵書の刊行年号が、昭和二十年代以降の堀の晩年期に集中していることが挙げられている。まず、一点目の論拠に関しては、堀が李詞への傾倒を披瀝するようになった昭和二十三・四年あたりは、李への関心が酣になっている時期ではあっても、必ずしもノートの成立時期であるとは言えないだろう。さらに、二点目に関しては、岡本氏は以下のように論じる。

　また、蔵書目録では、李清照に関わる漢籍として、「歴朝詞選」（夏谷香輯　清綺軒）、「名媛詩詞」、「名媛詞帰《ママ》」（鍾伯敬　譚友夏評定　勉善堂蔵板）が挙げられ、注釈書としては、「支那女流詩講」（角田音吉　立命館出版部　昭和7）の発刊が最も古く、次いで「詞選」（中田勇次郎　弘文堂　昭和17）、「支那歴朝閨秀詩人《ママ》」（那珂秀穂　地平社　昭和22）、「歴代中国詩選」（塩谷温　弘道館　昭和23）等を数えることが出来る。

　このような蔵書の発刊年号も考慮に入れると、堀が李清照詞に注目し、また、一部を浄書して親しんだのは、やはり昭和二十年以降の堀の晩年期にあたると考えられるのである。

ここに掲げられている「李清照に関わる」蔵書リストでは、ノートの原典『支那文学研究』をはじめ、『中国女名人列伝』（黄

九如　昭和一一年二月　中華書局)、『増修箋註妙選草堂詩餘』(書誌未詳)などのような、李詞を収めている書籍が網羅されていない(後述)。さらに、重要な論拠として挙げられている『歴代中国詩選』(昭和二三年)では李詞の収録が確認できないなど、「昭和二十年以降の堀の晩年期」の成立と推定する根拠としては、慎重な検討が求められる。

「詞抄」の成立年代について考察するには、まず原典の『支那文学研究』の読まれた時期から考える必要があるだろう。『支那文学研究』は七一六頁(本文のみ)の分厚い中国文学研究の書籍である。堀がそれを真面目に勉強していた形跡を、全編にわたっての大量のメモ内容から認めることができる(メモ範囲―二～六六五頁、メモ形式―主に傍線、段落の前に「〇」のような印を附する形)。それらのメモの全容を俯瞰する前に、まずノート内容の出典である「第二巻　詞曲類」[四五九～五五七頁]におけるメモの書込み状況を把握したい(各章の題名及び書込みのある頁数を以下に掲げる)。

・詞源(メモなし)
・女詞人李易安(メモなし)
・口語を使用せる填詞(四九九・五〇〇頁)
・王氏の曲録及び戯曲考原(五〇五・五〇六・五〇八頁)
・毛奇齢の擬連廂詞(五〇九・五一二頁)
・蔣士銓の「冬青樹」伝奇(五三二頁)

第二巻の各章におけるメモの分散状況から見ると、堀が「第二巻　詞曲類」を全体的に渉猟したことが判断できる。ただし、最初の二章(「詞源」・「女詞人李易安」)の場合では、堀がそのまま蔵書にメモをする代わりに、ノートに書込む形式をとったことが分かる。そのため、「詞抄」は『支那文学研究』の学習の一環だと位置づけてよいだろう。

その上で、蔵書にメモの残っている各巻(全体の頁範囲)・章の題名(メモのある頁数)、及びメモの例(所在頁)を示しながら、堀における『支那文学研究』の学習の様相を示したい(重複を避けるため、前述の「第二巻」は記さない。また、書込み例は多くあるが、ここでは一例のみを示す)。

【著作各篇内容目録】[一～五七頁]
・「第六節　巫と誦との関係」[二九]
【第一巻　詩賦類】[一～四五八頁]
・周詩に見えたる**農祭**[二・五・一一～一五・一八・二〇・二二]

例：周頌の「噫嘻」の詩序に春夏祈穀于**上帝**と見ゆるは其証とすべし（五）

・漢武の**楽府**と塞外**歌曲**［四五・五三］

例：張騫が西域に入りて得来れる魔訶兜勒なる**曲**之が根原を為し［五三］

・霓裳羽衣の**曲**［一九七・二〇〇・二〇一］

例：以下は、恐らくは、外国伝来の**曲調**と察せられる。［二〇〇］

・三体詩の著者周弼［二二七］

例：「周弼はかゝる作家なるが故に其の詩眼も自ら時流に抜くものありしなるべし」から始まる段落の上方に「〇」の印が付されている。

・光緒年間の詩界の一傾向［二七六・二八一・二九四］

例：漢以前には種々雑多の思想がありましたが漢以後大体の思想が儒教に一定しました［二七六］。

・騒賦の生成を論ず［三二七・三三二・三三三・三四三］

例：然るに周に於ては頌詩に**歌舞**を伴ひ、舞容を具ふるに至り［三三二］

・先秦文学に見ゆる**招魂**［四五〇～四五三］

例：この時の**霊**は二重人格を有す。一面は**巫**としてなり、一面は其の代表する**神**としてなり［四五二］。

【第四巻　通論類】［六二五～六九四頁］

・支那文学家の地理上の分布［六二七・六二九・六三〇］

・儒教と支那文学［六六五］

（注　傍線と丸囲みのみが、堀による書込みである。ゴシックは引用者による。また、ここに記さなかった「第三巻　伝説及小説類」及び「第五巻　八股文」には、メモが見られない。）

堀が目録にある「九歌」（屈原）における「巫と誦との関係」に注目していた点は、『支那文学研究』の受容傾向を仄めかしているように思われる。[4]「通論類」のような内容を除くと、堀の関心が「詩賦類」及び「詞曲類」（前掲の第二巻）に集中していることは明らかである。さらに、「詩賦類」の中でも、音楽と関わる「楽府」・「歌曲」や、民俗信仰と関連する「農祭」・「招魂」といった言葉（ゴシック体）がキーワードになっている。

似たような読書傾向は、堀が昭和十六年頃には読んでいた『支那文藝論藪』（青木正児　昭和二年四月　弘文堂書房）からも確認できる[5]（メモ範囲―［一三～二六一頁］）。このような「音楽ト文学トノ関係」（『支那文藝論藪』にある書込みメモ）、及び〈民俗信仰と文学〉の課題を追究する傾向は、堀の『詩経』の学習と軌を一にしている。[6] そこには折口信夫の学問（文学の民俗信仰起源説・詩歌類の原始的形式は「かけあひ」――祭りの場における神と精霊との歌の唱和――である）に影響された視座での中国古典受容の一側面が看取できる（拙論「堀辰雄における『万葉小説』への憧憬」（前出）で詳細に論じた）。

『支那文学研究』にある「詩は音楽的節奏を以てうたはる、場合と、単に朗誦せらる、場合とあり。余は現在の「詩経」の詩篇が音楽的にうたはる、に至りしは寧ろ後の事にして、単に朗誦することが古例ならんと考ふ」という内容に対して、堀は「〇否」［三二七頁］を大きく書き込んでいる。『詩経』の音楽起源説に執着していたことが裏付けられる。堀が『支那文学研究』を耽読する時点では、既に折口学をメルクマールとして『詩経』の受容を始めていたと考えられる。

以上の『支那文学研究』の学習様相を考慮に入れると、堀の「女詞人李易安」への接近は、折口学の影響にあると考えられる。さらに言うと、音楽と深く関わる文学の一ジャンルである〈詞〉への関心がその出会いの機縁を成している。堀蔵書目録では、詞曲関係の書籍が十余点見られるのである。

一方、ノートの成立時期について考えると、『詞選』が出版された昭和十七年十二月以降の翌十八年の前半は、堀が連載物『大和路・信濃路』（昭和十八年一月〜八月『婦人公論』）の取材のために盛んに旅に出た時期である（二月に志賀高原、四月に奈良、五月に京都）。後半は、七月から軽井沢に滞在し、主にリルケとプルウストに親しんだ。昭和十九年になると、堀は三月から病臥し、出版がますます困難になる情勢のなか、「読書生活を送つて来るべき日のために力を養つて」（七月一五日　中市弘宛）いた。秋から小康を得て、「何を読んだともつかないやうな読み方」（一二月二八日　葛巻義敏宛）で「糞おちつきに本ばかり読んでゐ」（九月九日　川端康成宛）た。翌年の春に再び患い、「殆ど散歩に出られず」に、「本ばかり読んで暮らしてゐ」（八月一三日　兼子らん子宛）た後、病状が深刻化し、「ちよつと手の込んだ勉強」（八月二七日　葛巻義敏宛）が難しくなる。二十一年には、「四季」再刊のために奔走し、七月あたりから体調を悪くし、九月から「『四季』の仕事」を「すつかり人に任せ」（九月四日　豊田泉太郎宛）ざるを得なかった。翌年の三月頃より、「食事のときだけ床の上に起きられるやうになつた」（三月一二日　神西清宛）以降、病状が一進一退で、亡くなるまで病床生活を余儀なくされた。

上述のような状況に基づき、堀が『支那古代研究』に親しんだ時期については、十八年後半、十九年、及び二十年前半の可能性が考えられる。成立年代を二十年以降と推定した岡本論に対し、最大十八年後半まで遡る可能性もあると言える。

2、堀が親しんだ李易安とその文学――『支那文学研究』などの堀蔵書から

上述のような折口学の影響射程での「女詞人李易安」との出会いは、その後どのように展開し、さらにその受容の内実から堀のいかなる意図を読み取ることができるか。次は、堀におけるノートを中心とした李詞の受容を、原典を含めた蔵書から跡付けていく。

ノートの原典である『支那文学研究』の著者鈴木虎雄は、文中において李詞に対してかなり高い評価を下している。「獨り造語の巧なるのみならずその神気沈着にしてしみ〴〵とその境に引き入れらるゝが如き感ある」。また、「婦人にして此の奇筆あるは殆ど間気なり」「彼女と殆ど同時に『断腸詞』の作者朱淑真も亦女詞人なるも二者の優劣は日を同じくして論ずべからず」の如き言葉は李への心酔ぶりを遍く披瀝している。

李は名門の出身で、十八歳で趙明誠に嫁ぎ、二人は書画珍蔵の蒐集鑑賞や読書三昧の日々を過ごし、意気投合した円満で充実した婚姻生活を送った。しかし、靖康の変（一一二七年に、徽宗と欽宗の二帝は女真族の建てた王朝金によって捕らえられ、宋の王朝は一時中断した）で国が破れ、李は戦乱中夫と死別した。彼女は多年戦乱の中で夫の遺した多量の書画珍蔵品とともに輾転流離した挙句、中年になってから張汝舟と再婚したが、まもなく婚姻生活が破綻したといった噂が伝わり、非難を浴びていた（堀蔵書『支那文学研究』と『中国女名人列伝　下冊』（黄九如　昭和一一年二月　中華書局）の記述より）。

このように、女詞人は国の分断・夫との死別を一つの分岐点として、幸福円満な壮年に対し、破局凄惨な晩年を送った。彼女の詩文はこのような運命の変転に従い、前期の貴族的なセンチメンタルから、いよいよ孤愁沈痛の心情が深化していく。

『支那文学研究』の「女詞人李易安」で冒頭から取り上げた五篇の詞は、何れも纖細哀愁の情趣が漂うもので、李詞の神髄を得た代表作だと言える。五篇の詞のうち、前の三篇は夫との死別以前の作であり、残りの二篇は晩年のものとなる。「如夢令」は、「時の推移によって惹起される惆悵」を見事に歌った作である。「一剪梅」は、夫との離別の忍び難さをリズミカルに詠み、「夫を愛せずにはいられない女性の、いちずな姿が透かし彫りにされている名作」となる。「酔花陰」は、重陽節に旅に出た夫を偲んで作ったもので、結句は、離別の孤愁で「痩せ細った婦人と」、晩

秋の菊花の「蕭条たる様子」とを巧みに対比させ、「孤独な寂寥感」がにじみ出る。次の「聲聲慢」になると、詩情が一段と沈鬱なものになり、国の分断や夫の病死などの運命の急変に遭った後の、女詞人の「極度の苦痛と焦燥」を詠出している。最後の「武陵春」は、悲風惨雨の運命の打撃の下で積み重なった苦愁と、挫折で慰めようのない晩年生活をしみじみと歌いあげている（以上、「」で引用した評価は山田勝久「李清照の伝記と詞」（前出）による）。以上の五篇の詞は、畳語（「点点滴滴」「尋尋覓覓」等）や対句を巧みに取入れるなど、リズミカルな表現に富んでいる。殊に「聲聲慢」という一篇は、冒頭から一連の連語を以て詞における韻律美の新生面を開いた作である。文学の原始的な形式には音楽的要素があったことを信じていた堀が、元来曲を伴って歌われるものであった〈詞〉という文学ジャンルに関心を注ぎ、李詞との出会いの契機が用意されたことは前述の通りである。以上の五篇は、堀が抱いた文学の韻律美への要求に充分に応えることができたのだろう。

五篇の他、堀が李詞を学習した形跡は、蔵書『支那女流詩講』（角田音吉　昭和七年六月　立命館出版部）、『中国女名人列伝　下冊』（黄九如　昭和一一年二月　中華書局）、『詞選』（前出）、『支那歴朝閨秀詩集』（那珂秀穂訳　昭和一二年六月　地平社）から確かめることができる。まずメモの全容を見ていく。

・『支那女流詩講』——李清照（一四頁　目録）〇李清照八詠楼（三二一頁　語釈の部分）

＊このページの右下の角が折られている。堀が折ったとすれば、李清照の部分に特に関心を持っていた証しだと考えられる。

・『中国女名人列伝　下冊』——「莫道不銷魂　簾巻西風人比黄花痩」「薔薇風細一簾香」（二〇頁）

・『詞選』——「這次第　怎一箇愁字了得」（一二二頁）、「唯有樓前流水　應念我終日凝眸　凝眸處　從今又添　一段新愁」（一二四〜一二五頁）、「人似比黄花痩」（一二六頁）

・『支那歴朝閨秀詩集』——李清照（三三一頁　巻末伝記）

注：傍線と丸囲みのみは、堀によるメモである。

李の名前やその伝記の部分をメモしていることから、堀の女詞人への高い関心が裏付けられる。さらに、堀の意識的にメモした詩句（「酔花陰」「春残」「聲聲慢」「鳳凰臺上憶吹簫」の四篇から出ている）は、やはり「詞抄」で詠出された情趣（繊細哀愁）や主題（センチメンタルな哀歎、極度の苦痛と焦燥の詠出—「春残」「聲聲慢」、恋する女の一途な姿—「鳳凰臺上憶吹簫」「酔花陰」）のカテゴリーから出てはいない。『支那文学研究』以外には、堀蔵書で李の作品を収録したものが八点見られる。(7) それらの蔵書に収録された李の作（二十三篇）には、「詞抄」の五篇のような繊細哀愁な趣のもの（十四篇）がある他、公的な性質のもの（「皇帝閣」等・蔵書『名媛詩歸』等に収録）や豪快な趣の作（「夏日絶句」等・蔵書『女名人列伝 下冊』等に収録）なども見られる（九篇）。そのことを考慮に入れると、堀は何の選択もなしに李易安の詩文を全て受け入れたわけではなく、蔵書メモから彼の厳格な審美眼と強い志向性を看取することができる。

3、堀文学との接点から——「或小さな人生の姿」

上述のような強い志向性を以て李詞にのめり込んだ現象の裏側には、堀のどのような文学的意図が読み取れるのか。次は、堀文学との接点から、そのことを明白にする。

昭和九年頃のリルケとの出会いをきっかけに、「恋する女たちの永遠の姿」（「七つの手紙」昭和一三年八月『新潮』）の描出等によって、「常にわれわれの生はわれわれの運命より以上のものである」（「七つの手紙」前出）というイデーを奏でることが、『風立ちぬ』以来の堀文学の主旋律となる。(8)

（前略）はげしい周囲の世間の変様と、静かな充実した生との対比において、或小さな人生の姿を描きたい、すこしも宗教的な匂ひがなくて、しかも真に宗教的な諦めをもつたやうな人々が描きたい、——そんなことを考へてゐると、又いつものやうな僕の小説の主題になつてしまふやうな気がして、又、首をふつて最初から考へなほす、主題——といふよりもそれはもう僕の哲学のやうなものだが——は同じでも、何か変化を与へたい、その変化をいま求めてゐる……（傍線引用者）

昭和一七年一〇月一日　堀多恵子宛書簡

「はげしい周囲の世間の変様」に身を置き、はかない運命に堪えながらも、なおあらゆる不幸を糧にロマンティックな「充実した生」を貫こうとする「小さな人生の姿」への営みは、『風立ちぬ』以来の堀文学の一貫した主題だと言える。個々の作品において見ると、それは『風立ちぬ』（『改造』昭和一一年一二月）で呈した死の淵を前にしながら、恋人の二人が「時間から抜け出したやうな日々」の中で静かに「生の幸福」を味わうロマンであり、『かげろふの日記』（『改造』昭和一二年一二月）で描いた失恋の苦悩に責め続けられる果てに、いつか「自分を去つた男を」「はるかに追ひ越して」、「不幸になればなるほどますます心のたけ高くなる」（「姨捨記」・昭和一六年八月『文学界』）女の心象である。さらに、『姨捨』（前出）で書き綴った自ら平凡な身の上を反省しながら、物語の世界へばかりに心をそそられ、「夢を夢と知つてしかもなほ夢みつつ」いる「ひとりの古い日本の女の姿」などでもある（『姨捨』・『文藝春秋』昭和一五年七月）。はかない運命に堪えながら、恋や夢などの内的体験によって、無残な人生と孤独な境涯を一種のロマンティックなものに昇華させる点においては、何れも共通している。

　このような『風立ちぬ』以来の堀文学が堅持し続けていた主題が、前述の女詞人の境涯（幸福と凄惨との振幅度が大きい）及びその文学（内心の悲愁や恋情の詠出）とは自ら一脈通じているのである。滔々たる歴史大河の渦を生き抜いた女詞人の人生は、いかにも取るに足らない小さなものである。が、運命の激しい変転の中であらゆる幸福が無残に打ち砕かれた彼女は、ひたすらに心中の孤独と苦痛を、強烈な美意識を以て奥ゆかしい内的世界として浄化した。乱世でやつれた惨めな一人の才女、その「人知れぬ涙の痕をにじませながら」（堀辰雄「若菜の巻など」・『創元』昭和一五年八月）沈殿させた詩的な内心世界、堀にとっての李及びその文学への心酔ぶりには、自らの「哲学」（前出）からきた深い共鳴があったと考えられる。

　以上、堀文学の一貫した主題との共通性から、「詞抄」の意味するところを分析した。しかし、このような李詞の学習、ないし「中国古典親炙の現象は、結果的にモチーフの渉猟ではなく」、「晩年のディレッタンタィ《ママ》ズムの具現と見なされるべき」（岡本論）であるのか。以下では、考察を『車塵集』をはじめとする中国閨秀文学の受容へと広げ、モチーフの採取の意図の有無について検討したい。

三　『車塵集』——女詩人の逸伝への注目

1、「序文」——「ささやかなもののみに感じられる美しさ」

前章に述べたような李詞への傾倒が始まる前に、堀は既に東西にわたる閨秀文学への関心を深め(9)、それに伴い、中国閨秀文学にも親しみ始めていた。次は、閨秀文学の関心の発端にある『車塵集』をめぐる受容形跡を辿りながら、堀における「詞抄」を含めての中国閨秀文学受容の一連の行為の関連性、及び彼の目指したものを浮彫りにする。

　佐藤春夫先生の支那歴朝名媛詩鈔『車塵集』が出版されたのが昭和四年であるが、この訳詩によっても中国の詩の美しさを知っただろう。〝芥川龍之介がよき霊に捧ぐ〟と献辞のある『車塵集』を、愛蔵本を収めていた桐の本箱に大切に保存していた。また、永井荷風、森鷗外の作品からも学んだものは多かったと思う。

　堀多恵子「ひとこと」（『杜甫詩ノオト』昭和五〇年一二月　木耳社）

　堀の中国古典への関心において、佐藤春夫の『車塵集』（昭和四年九月　武蔵野書院）は啓蒙書的な役割を果たしていたことが夫人の語りぶりから判断できる。昭和十六年頃、堀が『四婦人集』を手に入れた[10]ことから判断すると、彼が十六年以前に既に日本での中国閨秀詩訳詩集の「初見参」（奥野信太郎『車塵集・序文』後述）である『車塵集』に接したことが推定できる。

　『車塵集』は、奥野信太郎の「序文」、原詩と訳詩の本文、及び「原作者の事その他」から構成される。上掲の堀夫人が語った『車塵集』という手沢本は、現在の堀蔵書目録からは見つけることが出来ない。ただし、『中国女名人列伝　下冊』（黄九如　昭和一一年二月　中華書房　以下は『列伝』と称する）及び、「車塵集」を収めた『玉笛譜』（佐藤春夫　昭和二三年四月　東京出版）には堀の読書形跡が残されている。


『列伝』の見返しには、以下のような書込み内容が見られる。

　魚玄機　温庭筠／薛涛／杜秋娘　杜牧　樊川集／劉采春　元稹　贈采春詩／鄭允端／黄氏女／趙今燕　朱竹陀《ママ》　静志居詩話／景翩翩　朱竹陀《ママ》　静志居詩話／馬月嬌　王伯穀
（注：「／」は堀による改行を示す。傍線は引用者による。）

　以上は、『車塵集』にある奥野信太郎氏が書いた「序文」から採った内容である[11]。九人（傍線部）の女詩人の名が書かれている。女詩人の名の後ろに記されているものは、女詩人と関係のある人物及び女詩人の記述が残った彼等の著作である。『車塵集』にある女詩人のうち、伝記不詳の者、ないし生地や年齢のみによって記憶されている無名の「娘」（例：「序文」では、「青渓小姑」「七歳女子」等を挙げている。）が数多くいる。古代中国文学史上では閨秀文学は殆んど辺縁地帯にあったため、女詩人に関する記事や作品などが有名な男性文人の作品に散見される場合が多くある。引用部分の「温庭筠」、「杜牧　樊川集」等はその好例である。

　興味深いことに、『車塵集』に「列せられる三十に余る数の女性のうち」にある無名の「娘」とは「反対に」（「序文」）、堀は話材が伝えられている女詩人のみを『列伝』の見返しに書込んでいる。その上、『列伝』という本が、そもそも中国閨秀詩人等の伝記であるという性質を持っている。そのため、堀は『車塵集』や『列伝』から女詩人たちの資料をかき集めたことが推定できる。その現象は、堀の中国女詩人に対する関心の高さを裏付ける一方、彼が一時期、創作の土台になるような素材を中国閨秀詩人から探り求めようとしたことの証拠にもなるだろう。

　さらに、前掲の堀メモにある「杜秋娘」「魚玄機」という二人は、杜牧と温庭筠との交友があるゆえに話材が多く残された。奥野氏は「序文」で他の女詩人の話材が少ないことを惜しむ言葉に、「しかし生憎彼女たちの友だち中には温庭筠もゐなければ杜牧もゐなかつた」とある。堀はわざわざ「温庭筠、飛卿集」をノートに記し（ノート②「支那古詩㈡」を参照）、杜牧の『樊川集』（書誌未詳　堀蔵書目録に収録　『車塵集』にある「杜秋娘」の紹介文によると、『樊川集』第一巻には杜秋娘詩が収録されている）を手に入れている。そのことはただの偶然とは思えない。堀が奥野信太郎の「序文」で提示している情報を手掛かりに、中国閨秀詩人の逸伝を他の漢籍から辿ろうとした意図が読み取れる。

　さて、堀が『車塵集』の「序文」に書かれた女詩人に注目した理由は何であるのか。次は、「序文」の記述内容を踏まえながら考察する。堀が冒頭から記した四人の女詩人（魚玄機・薛濤・杜秋娘・劉采春）については、何れも有名な男性文人と交流のあることで話材が多く残され、「序文」では簡略に提起するだけである。続きの話材が比較的少ない女詩人（鄭允端・黄氏女・趙今燕・景翩翩・馬月嬌）については詳細を尽して紹介している。その最初の一例を取上げる。

> 鄭允端は呉門施伯仁の妻、冷酷な性格をもつた夫のためにたゞ詩の世界にのみ安住の地を求めくらした寂しい生涯の女である。今この集に収められた詩を誦するにつけ、川ぞひの欄干、賣魚の声に聴き入つてゐる彼女の静かな詩心とその暗い家庭生活とについて細事を尽したい気さへ起る。（傍線引用者）

「暗い家庭生活」の中に取り置かれながらも、「静かな詩心」を以て「さゝやか」なロマンティックな人生を過す女詩人の記事は、既述の「或小さな人生の姿」のイデーの内容と重なってくる。そのような記事によっても、堀の中国閨秀文学への興味がいっそう煽り立てられたのではないか。鄭の逸話の続きには、

「楼を対して帕子につつんだ胡桃を通はせて」「心を語」る「黄氏女」の純情な恋愛譚、「艶名を縦にしながら人に会ふを好まず折々の詩作をひたすら楽んでゐた」秦淮の妓「趙今燕」の話。さらに、「人の為に官に誣訟せられ散花吟の一篇を遺して自経した」「景翩翩」の哀れな物語、「詩画共に善くし」たが、「病を得て急死した」後、その「蓄ふところの妓」輩が、「星の如く散じ盡し」た秦淮の妓「馬月嬌」に関する淋しい逸話が綴られている。

　それらの女詩人にまつわる遺事は、何れも可憐な草花のような小さなロマンである。奥野氏が「序文」の劈頭から、「さゝやかなものは佚せられやすい。しかし真実聡明な魂を有つてゐる人たちはその佚せられやすいさゝやかなもののみに感じられる美しさを喜ぶ」と述べ、『車塵集』の性質を遍く呈示している。

　日常的なものの貴さと、消えやすいものの美しさを語りつつあった堀文学は、『車塵集』の「さゝやか」な性質と自ら一脈通じる。その一方、『車塵集』の呈示した数々のささやかなロマンから、堀が唱え続けてきた「或小さな人生の姿」（前出）が読取れると考えられる。堀は一気に『車塵集』の開いた中国閨秀文学世界に入り、女詩人の詩文や逸伝から自分の文学的好みに合ったものを貪欲に求めていったのではないか。

2、「原作者の事その他」——不幸な運命を生き抜いた女詩人たちの物語《ロマン》

　上述のような女詩人の逸伝に注目する傾向は、「車塵集」を収めた『玉笛譜』（佐藤春夫　昭和二三年四月　東京出版社）に残されたメモ類からも看取できる。『玉笛譜』は「唐詩黄絹幼婦抄」「不惜但傷抄」「車塵集」という三つの部分からなる漢詩訳詩集である。そこに収録された「車塵集」は、本文はほぼそのままで奥野信太郎氏の「序文」が省かれたものである。「車塵集」が収録されている堀蔵書『玉笛譜』には、堀は「訳者おぼえ書」の「三車塵集」に当たる部分に以下のようなメモ（傍線と文字囲み）を残している。

杜秋娘　金縷曲　杜牧　（二〇九頁）
薛濤　薛濤牋　今古奇観　（二〇九〜二一〇頁）
朱淑真　断腸集　（二一〇頁）
孟珠　（二一一頁）
魚玄機　温庭筠　唐女郎魚玄機詩　森鴎外　（二一六頁）

　堀が関心を寄せた以上の五人の女詩人のうち、「孟珠」（伝記不詳）以外は、いずれも「はげしい周囲の世間の変様」（前出）、或

いは運命の翻弄の下で生き抜いた。『車塵集』で記された多くの女詩人のうちでも、この四人の女詩人たちは、何れも数奇或いは不遇な生涯を送ったことが特徴的である。杜秋娘は、娼家の身の上を運命に任せて転々とし、「数奇にも不遇な生涯」を送った。薛濤は、父に左遷の任地で死なれ妓輩に身を堕しながらも、多くの名士と吟咏献酬し、一代の風流を伝えた。朱淑真は、幼時に両親を失い、「無知凡庸な夫」に嫁ぎ、「顔色如花命如秋葉」の嘆き多い生涯を送った。魚玄機は、情に駆られた果てに「多情多恨の生涯」を手ずから葬った（以上の四人の女詩人についての記事は、『玉笛譜』による）。詩文の良し悪しにかかわらず、女詩人たちの送ってきた境涯それ自体は自ら一つの物語（ロマン）になるような閨秀詩人というべきである。いずれも堀文学でありがちな一人の女――「はげしい周囲の世間の変様」やはかない運命の下で生きながらも、なお絶えず夢を見つつ、ロマンティックな生を貫こうとする――の面影が濃厚である。

堀は『かげろふの日記』（前篇）の執筆前、王朝物に目を向け出した経緯について、「その頃の不幸な婦人たちの残していつた多数の日記や家集のうちに、それを私がちょつと換骨奪胎しただけでそのまま私の好みの物語になつて呉れるやうなものがありはしないか知らん？（傍線引用者）」（「七つの手紙」・前出）と語っている。堀は中国閨秀詩人の逸伝に注目することで、やはり自分の「好みの物語」になるような素材を、数多くの中国閨秀詩人の伝記や逸聞から探り求めていたのではないかと思われる。

堀が抱いた構想に先立ち、中国閨秀詩人の生涯を物語化した先行作品として、森鴎外の『魚玄機』（『中央公論』大正四年七月）がある。その作品は『車塵集』の巻末で紹介され、堀が「森鴎外」のところに傍線を引いているのは前掲の通りである。堀蔵書『鴎外全集　第五巻』（昭和一二年一〇月　岩波書店）では『魚玄機』が収録されている。堀はそれを通して『魚玄機』を読んでいたのではないか。堀の蔵書メモ類から、堀が小説の主人公である魚玄機と温庭筠に関心の頗る高いことを確かめることはできるが、[12]一方では鴎外の小説の影響も考えられる。鴎外小説では魚玄機の女道士という身分を説明するために、道教についての詳しい説明が冒頭に書かれており、温庭筠が宰相の無学を揶揄う言葉には、「それは南華に出てをります。余り僻書ではございません。相公も燮理の暇には、時々読書をもなさるが宜しうございませう」（傍線引用者）とある。堀蔵書目録では道教関係のものが五点見られ、その中にも『南華経　八冊』（書誌未詳）が入っている。以上のことから、堀が『魚玄機』という小説に真剣に取り組んだ可能性が考えられよう。堀の中国古典の受容においては、森鷗外の影響が看取できるという堀夫人の追憶（「ひとこと」・第三章第一節で既出）も、このあたりから言えるかもしれない。先行作品を熱心に学ぶことによって、堀は自分なりの中国閨秀詩人の物語へアプローチしようとしたと想定される。

以上、堀の堅持しつつあった創作イデー（「はげしい周囲の世間の変様」と「静かな充実した生」との対比の中で、「或小さな人生の姿」を描出する）と合致する素材が、『車塵集』によって夥しく提示された。堀はそこから創作のモチーフになりそうな詩人の逸話を蒐集し、さらに『車塵集』以外の書籍から女詩人の遺事を求め、女詩人の逸伝を扱った先行作品を耽読したりしていた。彼が中国閨秀文学という未開墾の土地に鍬を入れようと企てたことを充分諾うことができよう。

3、『車塵集』の延長線上に――「恋する女の永遠の姿」

堀は中国閨秀文学への関心を、『車塵集』によって深めて以来、『車塵集』の顰に倣った中国閨秀詩訳詩集や、漢本の中国閨秀詩選集、中国閨秀詩人の記述が散見される文学史関係の書物等を次から次へと求めるようになった⒀。

そのような堀の中の中国閨秀文学への関心の跡が、「詞抄」と共にノート④として纏められている『邦訳支那古詩　漢魏六朝篇』（小村定吉　昭和一六年七月　昭森社・以下『邦訳』と称する）にある書込みの漢詩メモから見られる。堀の『邦訳』に書き込んだ原詩（二七篇）のうち、最後の三篇の詩は、原著には収録されず、堀がわざわざ巻末に記した内容にあたる。

○銭塘蘇小《ママ》歌
妾乗油壁車　郎騎青驄馬　何處結同心　西陵松柏下
○丹陽孟珠歌
陽春二三月　草與水同色　道逢冶遊郎　恨不早相識
○鮑令暉　寄行人
桂吐兩三枝　蘭開四五葉　是時君不歸　春風徒笑妾

蘇小小（蘇小《ママ》）は六朝（南斉）時代の名妓であり、才色双絶の佳人でありながら夭折した。李賀（中唐）の「蘇小小墓」（堀蔵書『玉笛譜』に収録）が伝わり、その哀れな短い一生が多くの文人の哀惜の対象となった。「銭塘蘇小《ママ》歌」は、松の木の下で恋の契りを結ぶ情景を歌い、率直清新な口調で真摯な恋情を吐露している。『車塵集』では、蘇の「美人香骨　化作車塵」（「楚小志」）を題辞とし、本の題名もその一文に因んでいる。続きの「丹陽孟珠歌」は「陽春歌」三篇の中の第二篇であり、「春の酣を借りて青春の情熱と溢れるような血潮」（吉川発輝『佐藤春夫の『車塵集』』平成元年一月　新典社）を大胆奔放に歌ったものである。『車塵集』では「陽春歌」の第一篇が訳されている。最後の「寄行人」という詩は堀蔵書『支那詩史』（李維著　真田但馬訳　昭和一八年一一月　大東出版社）［一六六頁］に収録され、女詩人鮑令暉についての記述も同書の「鮑照」という項目に見られる（蔵書には「鮑照　鮑令暉」［一六四頁］の書込みがある）。鮑令暉は鮑照（六朝・宋）の妹であり、「才思があり、その著香茗賦集は世に行はれた」（『支那詩史』前出）。引用の「寄行人」という詩は、遠方に行った人への思念と、恋の忍び難さを、愛嬌溢れる口吻で詠出している。

堀が以上の三篇の詩に注目した理由について考えると、最初の二篇は『車塵集』ゆかりの一面を見出すことができ、最後の詩は蔵書を耽読した結果であると考えられる。さらに、三篇の内容が、いずれも堀が心酔したイデー「恋する女たちの永遠の姿」（前出）の枠内にあることは注目に値する。恋という内体験によって「充実した生」（前出）のロマンを築き上げることは、今まで述べてきた堀文学における一貫した課題である。

堀の中国閨秀詩選集の手沢本の中で、上掲の三篇の詩を収録したものに、『名媛詩歸』（明　鍾伯敬）及び『歴朝名媛詩詞』（清陸昶）を見つけることができる。二点の書籍は『車塵集・序文』の文末に記され、『車塵集』にある四十八篇の詩のうち、三十一篇の詩は『名媛詩歸』、一篇は『歴朝名媛詩詞』を底本としている（小林徹行「『車塵集』原典考――訳詩集創作の意図――」『東洋文化（無窮会）』平成七年九月）。堀は『車塵集』だけでは物足りず、さらに訳詩集の原典まで辿ったようである。『名媛詩歸』や『歴朝名媛詩詞』などの漢籍を以て本場の中国閨秀詩をそのまま味わおうとした。

古代中国では、女流文学は辺縁地帯にあった。小村氏が訳した『邦訳』も女詩人の詩は一切収録されていない。堀はそのことに対して何か不足を覚えたのだろう。そのため、わざわざ「漢魏六朝」の時代範疇に属す三人の女詩人の詩を書きこんだ。閨秀詩のない漢詩集は物足りない感があったからに違いない。この点からでも堀の中国閨秀文学への関心の深さが垣間見える。

四　むすび

本稿は、「詞抄」の原典（『支那文学研究』と『詞選』）、成立時期（最大昭和十八年後半に遡ることができる）ときっかけ（折口学をメルクマールとした中国古典学習の機縁下で生れた）を明らかにした上で、堀における原典を含めた蔵書を通しての李の受容は、音楽的要素の強い〈詞〉という文学ジャンルへの関心を出発点とし、更に「或小さな人生の姿」を描く創作営為へと繋がっていったことを浮き彫りにした。

以上のような自明の視点からの李への親炙は、作家の本格的な病床生活に入る直前に始まり、結局作品としては結実されないまま終息してしまった一面がある。かと言って、ノート、ないし「中国古典親炙の現象は、モチーフの渉猟ではな」(岡本論)いと断言できないことは、『車塵集』をめぐった堀の受容形跡を以て証明した。堀は『車塵集』に接触する時点から、既に自分の堅持し続けていた文学イデーを、中国閨秀文学から手探りしていた様子が看取できるのである。その上、『車塵集』に止まらずに、『邦訳』(三章三節に既出)を読む際にも、閨秀詩が一切見られないことを遺憾とし、わざわざ原著の収録時代に属する三人の閨秀詩人の詩(自らの文学イデーに収斂できるもの)を巻末に書込んだ。堀における中国閨秀文学への関心の深さ、及び受容過程における従来の文学イデーの追求という一貫性は歴然としている。

門出の時期に師芥川龍之介に「あれ以上ハイカラそのものを目的にするのは君の修業の上には危険だ」(大正一四年七月二一日芥川龍之介よりの書簡)と警告された堀は、後年東西の文学を収めた幅の広い作家を目指すに至る。そこへ到達するには、中国古典は一つの避けては通れない大きな課題だったのではないか。堀が抱いた文学的夢想(「支那の古い物語でも考へてみよう」昭和二〇年八月一三日 川端康成宛書簡)とそれに伴う作家としての大きな羽ばたきは結局叶わず、結実に向かう努力の過程のみが、作家の歩んできた一筋の〈足跡〉として残されることになる。そのことには、「移入するものがあまりに多いから自分のほんとうの行く道をたどるのに手間がかかつている」(丸岡明・「座談会 堀辰雄の人と文学」・『国文学解釈と鑑賞』昭和三六年三月)昭和初期の作家の限界のようなものも見えてくると考えられる。しかし、堀の作中人物都築明が「おれの過ぎて来た跡には、一すぢ何かが残つてゐるだらう」(『菜穂子』・『中央公論』昭和一六年三月)と語るように、ノートや蔵書を通して、作家が辿ってきた軌跡そのものが意味するものはあるのではないだろうか。

〈注〉

(1) 小山正孝氏は、「堀さんが、もし、もっと永く生きていられたら——というより、晩年の十年間も、執筆が続いていたら——中国のこともお書きになったのではないかと思う。」(「断片」・『文芸』昭和三二年二月号)と述べる。さらに、神西清氏は、「彼の身辺にはこの二三年来、めざましい勢いで唐本仕立ての漢籍類がふえた。李長吉の詩巻、宋代の詞の集、乾隆版の歴朝名媛詩詞など、そうしたおびただしい藍色の帙の堆積はほとんど床の間を埋めつくして（後略）」（「高原の人」・『新女苑』昭和二五年一二月）と語るなど、堀における中国古典への関心は、彼の周囲の人たちによって証言されている。

（2）堀の中国古典受容について最も早く論じた内山知也氏は、堀の中国「古典、詩に対する着眼」を論じて、彼が「詩語の美しさ、比喩の適切さ」や「諧調の快さに牽かれたところがあった」と結論づけた（「堀辰雄の《支那趣味》」・『日本近代文学』昭和四六年五月）。さらに、氏は、ノート②「支那古詩㈡」の杜甫訳詩について、「杜詩の中に（中略）戦争のさなかに生きる詩人として、境遇上の相似点を発見している」（「堀辰雄の《杜詩訳稿》」・『日本近代文学』昭和四七年一〇月）と述べる。内山論を踏まえ、岡本文子氏は、ノート②以外の堀の中国古典ノートを全て論じた。しかし、「悠久の大地に自我を解放し他者への怨嗟をほとばしらせない唐詩の、おおらかで象徴的な詩趣を自己のものにしようとする堀の意欲を窺わせる」（「堀辰雄「支那古詩㈠」ノオト考」・『目白近代文学』昭和五八年一〇月）という結論や、「病にことよせた切実さと紙一重のディレッタンティズムが存在した」（「堀辰雄・杜甫訳詩考」・『和洋女子大学紀要（文系編）』昭和六二年三月）という主張にとどまり、堀の中国古典受容を、ノートと参照した文献との比較分析をふまえて、堀の文学営為の上に位置づける研究はなされていない。

（3）堀は鈴木訳を少し変えながら、ノートに記したらしい。一例を挙げると、「黄昏のヽち酒を東籬に把れば／袖に盈ちくるくらがりの香」（鈴木訳）とあるのを、堀は「たそがれののち東の籬に酒をとれば／くらがりの香は袖にみちきぬ」のようにノートに写している。蛇足ではあるが、調べた限り、堀が他の李詞訳詩を収録した書籍を参照した跡が確認できない。

（4）下記の記述のある段落の冒頭には、「〇」のような印が附されている。「誦は本来は楽曲を伴はざるものなり。而して後に述ぶる如く「九歌」の如き之を祭りに用ふるに至りては楽を伴ふこともあるに至りたりとおもはる」［三四三頁］。堀が目録の「九歌」をめぐる巫と誦の内容に注目したのは、音楽を伴う文学形式、及び民俗信仰と関わる文学に関心を寄せたためと考えられる。

（5）『支那文藝論藪』が読まれた時期については、堀の記述「これもあとで知つたことだが、京都大学の青木正児博士もこの詩人を大へん愛せられてゐると見え、「徐青藤の藝術」といふ一文を艸せられてゐる。」（「一琴一硯の品」昭和一六年一一月）から、この頃までには読んでいたと分かる。一方、蔵書における読書傾向を反映する書き込みとしては、「文勢の抑揚、叙述の曲折は旋律である。句法の駢儷、声韻の諧和は和声である」［一一三頁］、「広義に於ける巫の一派であつた事と思ふ」［二五四頁］等の、堀による本文への傍線箇所を挙げることができる。

（6）堀は民俗学の視点から『詩経』の〈国風〉を解釈したグラネーの『支那古代の祭礼と歌謡』（内田智雄訳　弘文堂書房・堀蔵書目録では昭和一四年一一月版及び昭和一七年一〇月版が収録）を丹念に勉強した上で、本稿の冒頭に掲げたノート⑤を記した。さらに、グラネー著で唱えた『詩経』の原始的な形式は「即吟競争」歌――「古代農民社会の季節祭の時、競争が喧嘩せしめた青年男女の交互合唱」（傍線引用者）歌――である論点を蔵書『詩経』（岡田正三　昭和一一年一月　第一書房）の見返しに書込んでいる。

（7）堀蔵書目録では、書込みが残っている四冊（前出）以外には、『名媛詩帰　十冊』（鍾伯敬　譚友夏評定　勉善堂蔵板）、『歴朝名媛詩詞』（乾隆　紅樹楼蔵板　推定）、『増修箋註妙選草堂詩餘　二冊』（書誌未詳）、『歴朝詞選　四冊』（夏谷香輯　清綺軒）がある。

（8）『風立ちぬ』（前出）では、無残な運命を諦めた姿で素直に受入れながら、「恋」等の内体験によって結局運命そのものを超越した充実な生を生き抜く形象が描出される。それ以降の堀文学では、〈恋する女性〉を描くことによって、「生」は「運命」以上のものであるというイデーが唱え続けられてきた。

(9) 堀はリルケの唱えた〈恋する女性〉のイデーを自分の文学世界に取入れ、さらにそれを王朝物に移植し、『かげろふの日記』(前出)、『ほととぎす』(『かげろふの日記』続編「文藝春秋」昭和一四年二月)、『姨捨』(前出)、『曠野』(「改造」昭和一六年一二月)の一連の物語として見事に開花させた。その一方、「彼は自分のノートに、リルケから知ったルイーズ・ラベ、ベッティーナ・フォン・アルニム、ガスパラ・スタンパ、エレオノーラ・ドゥーゼなどの生涯の略歴を書きとめ、さらにディエ伯爵夫人、ノワイユ伯爵夫人などの閨秀詩人のこともかなり詳しく調べてメモをとっている」(神品芳夫「堀辰雄とリルケ」・『国文学』昭和五二年七月)。

(10) 堀は「一琴一硯の品」(前出)で、「(前略)ところが最近「四婦人集」といふ詩集を手に入れた。薛涛詩、唐女郎魚玄機詩、楊太后宮詞、縁憁遺藁(孫蕙蘭詩)の四つの古刊本を重印したものである。(後略)」と述べる。

(11) 「序文」では、「魚玄機」「薛濤」「杜秋娘」「劉采春」「鄭允端」「黄氏女」「趙今燕」「景翩翩」「馬月嬌」の順で『車塵集』に収められる女詩人の中の九人を紹介している[一二〜一四頁]。

(12) 魚玄機と温庭筠への関心に関しては、本文で挙げた『中国女名人列伝』と『玉笛譜』にあるメモ内容から確認することが出来る。その他、堀蔵書『支那詩史』(李維著 真田但馬訳 昭和一八年一一月 大東出版社)では「温庭筠 温飛卿集」(三四六頁)といった傍線や傍点のメモが見られ、『歴代中国詩選』(前出)では「温庭筠」(二一〇頁)のような傍線メモがあり、さらに『詞選』(前出)では温庭筠の詞の本文にメモしてある(六頁)。一方、『支那歴朝閨秀詩集』における女詩人伝記の魚玄機の項目に、「(魚玄機)」のような文字囲みメモがあり、女詩人への関心が窺える。

(13) 堀蔵書目録では、『中国女名人列伝 下冊』(前出)、『中国女流詩講』(前出)、『詞選』(前出)、『支那歴朝閨秀詩集』(前出)、『薛濤詩』(大正一年 掃葉山房)、『名媛詩歸(十冊)』(前出)、『沈刻四婦人集』(嘉慶巳卯秋)、『歴朝名媛詩詞』(前出)がある。

[付記]
本稿は日本近代文学会関西支部春季大会(令和元年六月八日 於奈良女子大学)にて口頭発表した内容をもとにしています。ご教示を賜りました先生方に感謝申し上げます。さらに、堀旧蔵書を調査する際、ご厚情を頂きました堀辰雄文学記念館館長様を始めとする方々に御礼申し上げます。

(りゅうけん・大阪市立大学都市文化研究センター研究員)

山田慶兒著作集　全八巻

刊行開始

『山田慶兒著作集』編集委員会 編

新井晋司・川原秀城・小林博行
武田時昌・平岡隆二・馮　錦榮

東アジア科学の総体あるいは個別理論に対して個性的な研究を展開し、思想史的アプローチによって科学文明の本質を探り続けた山田慶兒。単行本未収録の論文から未発表原稿まで、氏の学術的業績の全貌と魅力を明らかにする。主要著作は著者による補記・補注を加えそれぞれ定本とし、各巻に解題・月報を付す。

1 自然哲学Ⅰ　14,300円
2 自然哲学Ⅱ
3 天文暦学・宇宙論
4 中国医学思想Ⅰ
5 中国医学思想Ⅱ
6 科学論（近世篇）
7 科学論（近代篇）／欧文
8 補遺・講演録

■菊判・上製・平均400頁　1は既刊。次回配本は二〇二一年七月刊予定　各巻予価 14,300円

投稿規定

一、投稿論文は、四百字詰原稿用紙にして五十枚以内を原則とします。
一、論文は未発表のものに限ります。機関リポジトリに公開した博士論文の一部などを改稿の上で投稿する場合は、公開したものとの違いを明らかにして下さい。
一、四百字詰原稿用紙二枚程度の要約文を添付して下さい。
一、論文と要約文を二部ずつお送り下さい。
一、論文末尾に「(なまえ・現職名)」の形で、氏名のよみと現職名をご記入下さい。(氏名は、間にスペースをおかずに平仮名でお書き下さい。外国人の方は平仮名もしくはアルファベットを用いて下さい。現職名は「〜大学教授」のように所属と身分を記して下さい。大学院生の方は「〜大学大学院〜研究科〜課程」のようにお書き下さい。)
一、パソコンを使用した場合、印字した原稿とともに電子メディアを同封して下さい。(電子メディアには論文と要約文の両方をおさめ、使用ソフトによるファイルの他にテキスト形式のファイルも添えて下さい。なお、使用ソフトの名前と、四百字詰原稿に換算した原稿枚数を明示して下さい。)
一、パソコン使用の場合は、なるべく、一行字数二十九字で印字して下さい。図表についても、字数をご配慮下さい。
一、平日昼間の連絡先二箇所(自宅と勤務先など)とメールアドレス、ご住所をお書き添え下さい。
一、採否の決定までに数ヶ月の日時を要することがあります。あらかじめご了承下さい。
一、採用・不採用に関わらず、原稿ならびに電子メディアはお返しいたしません。
一、論文掲載の場合は、本誌二部、抜刷二十部を贈呈いたします。余分に必要な場合は、再校正返送の際にお申し出下さい。但し、その分については実費を申し受けます。
一、投稿論文の宛先は左記の通りです。「投稿論文在中」とご明示下さい。

〒六〇六―八五〇一 京都市左京区吉田本町
京都大学文学部 国語学国文学研究室内 国語国文編集部
電話 〇七五―七五三―二八二四

購読のお申し込みは最寄りの書店もしくは

㈱ 臨川書店
〒六〇六-八二〇四
京都市左京区田中下柳町八
電話㈹〇七五(七二一)七一一一
振替口座〇〇九八〇-七-二七四三七〇

国語国文 第九十巻第五号(通巻一〇四一号)

令和三年五月二十日 印刷
令和三年五月二十五日 発行

編集者 京都大学文学部 国語学国文学研究室
発行者 片岡 敦
印刷者 亜細亜印刷株式会社
発行所 (株)臨川書店
〒六〇六-八二〇四 京都市左京区田中下柳町八
電話(代)〇七五(七二一)七一一一
振替口座〇〇九八〇-七-二七四三七〇

90巻5号定価 本体一、〇〇〇円+税
定期購読料(90巻4号〜91巻3号) 本体一二、〇〇〇円+税
(送料弊社負担)
*定期購読は当該巻号のセットのみ承ります。

ISBN 978-4-653-04481-9 C3091

ISBN978-4-653-04481-9
C3091 ¥1000E

定価　本体1,000円＋税

国語国文

第九十巻　第五号